親切的、活潑的、趣味的、致用的

實用歷史叢書

遠流出版公司

實用歷史・三國館

36計說三國〈下〉（全二冊）（原實用歷史叢書125《36計說三國（下）》，新修版）

作　　者——林國煇
主　　編——游奇惠
責任編輯——陳穗錚
發 行 人——王榮文
出版發行——遠流出版事業股份有限公司
臺北市100南昌路2段81號6樓
電話／2392-6899　傳真／2392-6658
郵撥／0189456-1
香港發行——遠流（香港）出版公司
香港北角英皇道310號雲華大廈4樓505室
電話／2508-9048　傳真／2503-3258
香港售價／港幣83元
法律顧問——王秀哲律師・董安丹律師
著作權顧問——蕭雄淋律師
2007年8月16日　二版一刷
行政院新聞局局版臺業字第1295號
售價新台幣 250 元　（缺頁或破損的書，請寄回更換）

ISBN　978-957-32-6135-3（下冊）
ISBN　978-957-32-6133-9（套號）
YLib 遠流博識網
http://www.ylib.com　　E-mail:ylib@ylib.com

三國館

36計說三國

《實用歷史叢書》

出版緣起

王榮文

・歷史就是大個案

《實用歷史叢書》的基本概念，就是想把人類歷史當做一個（或無數個）大個案來看待。

本來，「個案研究方法」的精神，正是因為相信「智慧不可歸納條陳」，所以要學習者親自接近事實，自行尋找「經驗的教訓」。

經驗到底是教訓還是限制？歷史究竟是啟蒙還是成見？——或者說，歷史經驗有什麼用？可不可用？——一直也就是聚訟紛紜的大疑問，但在我們的「個案」概念下，叢書名稱中的「歷史」，與蘭克（Ranke）名言「歷史學家除了描寫事實『一如其發生之情況』外，再無其他目標」中所指的史學研究活動，大抵是不相涉的。在這裡，我們更接近於把歷史當做人間社會情境體悟的材料，或者說，我們把歷史（或某一組歷史陳述）當做「媒介」。

・從過去了解現在

為什麼要這樣做？因為我們對一切歷史情境（milieu）感到好奇，我們想浸淫在某個時代的思考環境來體會另一個人的限制與突破，因而對現時世界有一種新的想像。

通過了解歷史人物的處境與方案，我們找到了另一種智力上的樂趣，也許化做通俗的例子我們可以問：「如果拿破崙擔任遠東百貨公司總經理，他會怎麼做？」或「如果諸葛亮主持自立報系，他會和兩大報紙持哪一種和與戰的關係？」

從過去了解現在，我們並不真正尋找「重複的歷史」，我們也不尋找絕對的或相對的情境近似性。「歷史個案」的概念，比較接近情境的演練，因為一個成熟的思考者預先暴露在眾多的「經驗」裡，自行發展出一組對應的策略，因而就有了「教育」的功能。

・從現在了解過去

就像費夫爾（L. Febvre）說的，歷史其實是根據活人的需要向死人索求答案，在歷史理解中，現在與過去一向是糾纏不清的。

在這一個圍城之日，史家陳寅恪在倉皇逃死之際，取一巾箱坊本《建炎以來繫年要錄》，抱持誦讀，讀到汴京圍困屈降諸卷，淪城之日，謠言與烽火同時流竄；陳氏取當日身歷目睹之事與史實印證，不覺汗流浹背，覺得生平讀史從無如此親切有味之快感。

觀察並分析我們「現在的景觀」，正是提供我們一種了解過去的視野。歷史做為一種智性活動，也在這裡得到新的可能和活力。

如果我們在新的現時經驗中，取得新的了解過去的基礎，像一位作家寫《商用廿五史》

，用企業組織的經驗，重新理解每一個朝代「經營組織」（即朝廷）的任務、使命、環境與對策，竟然就呈現一個新的景觀，證明這條路另有強大的生命力。

我們刻意選擇了《實用歷史叢書》的路，正是因為我們感覺到它的潛力。我們知道，標新並不見得有力量，然而立異卻不見得沒收穫；刻意塑造一個「求異」之路，就是想移動認知的軸心，給我們自己一些異端的空間，因而使歷史閱讀活動增添了親切的、活潑的、趣味的、致用的「新歷史之旅」。

你是一個歷史的嗜讀者或思索者嗎？你是一位專業的或業餘的歷史家嗎？你願意給自己一個偏離正軌的樂趣嗎？請走入這個叢書開放的大門。

目錄

□《實用歷史叢書》出版緣起
□編輯室報告
□推薦人的話：自我保護的觀念訓練　簡恩定
□推薦人的話：現代人必修的課程　廖瓊媛
□新版序
□前言：三國智謀的萬花筒

【卷上】

第1計　瞞天過海……9

1—騎馬射箭佯無事，瞞天過海解兵圍
2—大丈夫韜光養晦，真英雄掩志藏身
3—周瑜詐死誘曹兵，曹仁劫寨失南郡
4—孔明識破瞞天過海，孟獲詐降自投羅網

第2計　圍魏救趙……21
1—周瑜襲擊曲阿，劉繇奔走豫章
2—曹操烏巢劫糧，袁紹官渡兵敗
3—曹操興兵孫權求援，劉備發信馬超解危
4—孔明設謀退誘魏兵，姜維乘機進取敵營
5—司馬懿圍魏救趙，公孫淵折兵損將
6—姜維兵圍雍州，郭淮輕取洮水
第3計　借刀殺人……39
1—訴哀情張讓借詔，無機謀何進喪命
2—曹操巧施妙計，禰衡輾轉受害
3—審配借刀殺袁譚，郭圖依樣取袁尚
4—司馬懿借兵擊敵，關雲長拒婚失盟
第4計　以逸待勞……50
1—曹操謀深慮遠，袁紹智淺計拙
2—曹仁劫寨致敗，劉備計取樊城
3—黃忠坐觀定軍山，法正計斬夏侯淵
4—司馬懿夜襲鹵城，諸葛亮夾擊魏軍

5—姜維識計設謀，鄧艾偷襲致敗

第5計　趁火打劫……63
1—黃忠火燒天蕩山，嚴顏刀斬夏侯德
2—孫權受封降魏，劉曄諫主伐吳

第6計　聲東擊西……71
1—李傕郭汜纏呂布，張濟樊稠取長安
2—曹操施計擊張繡，賈詡伏軍取曹操
3—荀攸獻計擊袁營，袁紹兵敗奔黎陽
4—郭淮料敵劫寨，孔明就計取勝
5—諸葛亮氣死曹真，司馬懿兵敗渭水
6—司馬懿虛攻祁山，諸葛亮暗伏上谷

第7計　無中生有……87
1—陳宮放火燒曹操，曹操詐死擊呂布
2—呂布火燒茂林，曹操兵伏長堤
3—孫策中箭落馬下，薛禮橫死亂軍中
4—曹仁偽取羨溪，朱桓真斬常雕
5—曹丕率大軍直下江南，徐盛縛草人嚇退魏兵

6—兀突骨連勝十五陣，諸葛亮火燒藤甲兵
7—夏侯楙道聽塗說，姜伯約百口莫辯
8—司馬望軍伏洮陽，夏侯霸兵死城下
第8計　暗渡陳倉……113
1—趙雲陣前擋曹兵，關羽暗渡取樊城
2—曹操率兵立潼關，徐晃輕騎渡渭水
3—曹操退兵誘敵，張衛失營棄關
4—明拖刀龐德作勢欲砍，暗冷箭關羽實難提防
5—孔明拆橋誘蠻兵，魏延縛索擒孟獲
6—仲達先斬後奏，孟達事洩命喪
7—司馬懿引兵纏鬥，諸葛亮施計設伏
8—造大船虛名攻吳，領雄兵蓄勢伐蜀
9—姜伯約詐取雍州，諸葛緒失守橋頭
第9計　隔岸觀火……141
1—荀彧獻計虎競食，劉備識謀火無媒
2—郭嘉妙計度時勢，袁氏兄弟首離身
3—聞友死孟達造反，巧升職劉封喪命

第10計 笑裡藏刀……151
1—窮途末路袁尚請降，乘勝追擊曹操劫營
2—曹操笑顏奪據荊州，劉琮獻降刀下殞命
3—劉備盛禮迎別駕，張松獻圖取西川
4—孟優詐降獻珠玉，孔明笑納擒孟獲
5—馬岱受命計捕螳螂，魏延無備命喪黃雀
6—張特緩兵退吳軍，諸葛恪無謀撤兵
第11計 李代桃僵……173
1—曹操小斛散米權且救急，王垕無罪斬首為平眾怒
2—劉備無心移花接木，龐統不幸李代桃僵
3—呂蒙斬殺關羽，張昭嫁禍曹操
4—賈充傳命弒君奪權，成濟動手喪命謝罪
第12計 順手牽羊……185
1—孔明順手取三郡，周瑜遺算失肥羊
2—馬岱三人燒糧車，關興二將劫魏營
第13計 打草驚蛇……193
1—王忠虛張聲勢立帥旗，關羽打草驚蛇破疑兵

2—韋晃虛言試探，金禕真心表白
3—費禕打草探實情，姜維斷後暗退兵
4—司馬懿洛陽下詔，夏侯霸雍州造反

第14計 借屍還魂……205
1—龐統暗伏殺手斬楊懷，劉備兵不血刃得涪關
2—孔明巧劫寨借屍還魂，曹真輸賭賽氣急成病

第15計 調虎離山……215
1—曹操施計驅虎離山，呂布異心豺狼入穴
2—張飛醉酒誘敵，張郃心動失寨
3—孔明火燒南安城，魏延輕取安定郡

第16計 欲擒故縱……225
1—孫伯符三面攻城留活路，太史慈兵疲馬乏遭生擒
2—孔明膽大欲擒故縱，孟獲知羞誠心拜伏
3—曹子丹真心獻印，司馬懿欲取還拒
4—公孫淵出南門心中暗喜，司馬懿擋前路當頭棒喝

第17計 拋磚引玉……237
1—為赤兔呂布異心，懷忠義丁原喪命

2 馬超棄馬拋戈誘敵將，曹洪性躁受激嘗敗績
3 劉備遣老弱殘兵誘敵，陸遜卻少年老成識計
4 亂旌旗孔明佈誘餌，驅蠻兵孟獲初受縛
5 孔明破羌人卻退兵，曹真忙追殺損先鋒
6 鬼頭獸身驚魏兵，木牛流馬劫糧草
7 假運糧姜維誘敵，斷歸路徐質殉命

第18計 擒賊擒王 …… 259

1 并州定西擊烏桓，蹋頓王遠奔遼東
2 呂蒙三番埋伏，關羽難逃羅網
3 陸遜火燒連營兵，劉備奔走白帝城
4 平南蠻屢施妙計，智諸葛七擒孟獲

【卷下】

第19計 釜底抽薪 …… 273

1 呂蒙恩恤家眷招降荊兵，關羽軍心盡變敗走麥城
2 曹昭伯奏主封太傅，司馬懿無奈卸兵權

3—暗發檄文除羽翼，趁其無備削兵權

第20計 混水摸魚……283
1—周公瑾軍令除害，諸葛亮草船借箭
2—龐德魚目混明珠，馬超趁亂入長安
3—取陳倉郝昭驚死，襲散關魏人驚走
4—鄧艾地道設伏兵，姜維夜亂兵不驚

第21計 金蟬脫殼……297
1—虛張聲勢曹洪屯兵，金蟬脫殼曹操迎敵
2—孔明設壇巧借東風，周瑜失算縱虎歸山
3—張聲揚勢佯進軍，金蟬脫殼真退兵
4—姜維提大兵逕襲南安，鄧艾遣兩軍暗伏段谷

第22計 關門捉賊……311
1—陳宮關門四面設伏，典韋突危三番救主
2—曹操預留錦囊妙計，周瑜入城暗遭冷箭
3—司馬懿斷水圍山，馬幼常痛失街亭

第23計 遠交近攻……323
1—交結其心袁術送糧，轅門射戟呂布解危

2—曹操送信約劉備，陳宮擒使見呂布
3—曹操發文聯吳共伐劉備，孔明舌戰群儒計激孫權

第24計 假途伐虢……335
1—韓馥引狼入室，袁紹鳩佔鵲巢
2—周瑜借道取西川，孔明佈餌釣鰲魚

第25計 偷樑換柱……343
1—陳登巧舌奪蕭關，呂布失城走下邳
2—糧中裝柴姜維欺敵，丟盔棄馬鄧艾逃命

第26計 指桑罵槐……351
1—聚眾官獻帝田獵，呼萬歲曹操受迎
2—曹洪處斬符寶郎，獻帝退位受禪台
3—司馬昭設宴舞戲，安樂公樂不思蜀
4—曹魏篡漢得社稷，大晉循例奪江山

第27計 假癡不癲……363
1—邢道榮詐降誑孔明，諸葛亮佯信捉劉賢
2—崔諒詐降引蜀兵，關興刀落斬楊陵
3—司馬懿詐癡奪權，曹昭伯市井受戮

第28計　上屋抽梯……373
1－孔明上樓觀古書，劉琦抽梯問妙計
2－周瑜受激出狂語，孔明先禮後用兵
3－關羽驕狂取樊城，陸遜謙卑奪荊州
第29計　樹上開花……383
1－獻帝受制移許都，曹操掌權令諸侯
2－借局佈勢伏蜀兵，樹上開花退魏軍
3－真諸葛病逝五丈原，死木人嚇退司馬懿
第30計　反客為主……393
1－法正反客為主扭轉局勢，黃忠步步為營進逼曹兵
2－有名無實孫亮退位，反客為主孫綝奪權
第31計　美人計……399
1－孫權巧使美人計，孔明智奪俏嬌娘
第32計　空城計……407
1－長坂橋頭張飛怒吼，心神俱驚曹操退兵
2－單槍匹馬趙雲當關，鼓響箭發曹操奔逃
3－焚香操琴守空城，神鬼莫測退雄兵

第33計　反間計 …… 419
1—剷除奸黨因妒設謀，自相殘害誤中反間
2—周瑜夜戲蔣幹，曹操怒斬蔡瑁
3—笑語挑起猜忌心，偽書破壞叔姪情
4—假消息嚴顏中計，真誘敵張飛設謀
5—造偽書孔明施計，中反間高定戮友
6—諸葛亮作反書昭告天下，司馬懿卸兵權罷歸田里

第34計　苦肉計 …… 447
1—藉醉酒巧使反間計，信降卒不識死間謀
2—黃蓋受脊杖皮開肉綻，闞澤獻降書能言善道
3—行苦肉周魴割髮，信偽言曹休興兵

第35計　連環計 …… 463
1—為天下貂蟬獻身，貪女色董卓亡命
2—巧授計龐統獻謀，環連船曹操受累

第36計　走為上 …… 479
1—擊敗兵蘇顒身亡，遇強敵萬政落澗
2—孫臏減灶擒強敵，孔明增灶退大軍

3 李嚴造謠東吳興兵入寇，孔明退軍曹魏損兵折將

【卷下】

第19計

釜底抽薪

【計文】

不敵其力而消其勢，兌下乾上之象。

【解說】

當敵人聲勢浩大時，不要與他發生正面衝突，應該逐漸消滅其旺盛的勢力。就如同火爐上的水會沸騰，是因為火勢旺盛的緣故，只要將爐中的薪柴取出，水就會因為火勢減弱而逐漸冷卻。《孫子兵法・謀攻篇》提到「小敵之堅，大敵之擒也。」如果本身力量薄弱，卻對力量強大的敵人採取正面對抗，一定會像「螳臂擋車」一般自取滅亡。面對強大的敵人只有以「釜底抽薪」的方法，才有機會取勝。

呂蒙恩恤家眷招降荊兵，關羽軍心盡變敗走麥城

《三國演義》第七十六回，呂蒙利用關羽攻擊襄陽，荊州兵力空虛的時候，乘機發動攻擊奪取荊州。攻下荊州之後，呂蒙即下達命令，不許士兵搶掠民間財物，更不許士兵任意殺人，否則按軍法處置。對於原來的官吏，都依照舊職任用，荊州出征士兵的家屬則特別撫恤。關羽的家屬也另外安置在別院，不許閒人打擾。荊州居民因為呂蒙的安撫措施，立刻就平靜下來了。

孫權得到呂蒙已經奪取荊州的消息，前來勞軍，設宴慶賀。

孫權問：「現在已經奪佔荊州，但是公安有傅士仁據守，南郡有糜芳據守，這兩個地方應該怎樣收復呢？」

虞翻自告奮勇說：「我從小就和傅士仁交情深厚，現在只要向他分析利害關係，就可輕易地說服他投降了。」

孫權立即派遣虞翻率領五百軍士直接到公安城外。虞翻將招降的書信拴在箭上射入城中。傅士仁看到虞翻招降的書信，又想起前次飲酒導致軍帳失火而遭到關羽痛責，險些喪命的往事，對關羽更加懷恨，因此大開城門，拿印信到荊州向孫權投降。

孫權仍然命令傅士仁據守公安，但經過呂蒙暗中提醒，為了防範傅士仁改變投降意念，他又派遣傅士仁到南郡招降糜芳。

傅士仁慨然接下任務，前往南郡勸降糜芳。糜芳正在猶豫不決，突然關羽的使者來到，命令糜芳、傅士仁各運送十萬石米糧補給關羽的兵馬所需。傅士仁乘機斬殺使者，逼迫糜芳投降。呂蒙又率兵到南郡城下。糜芳無可奈何，只好與傅士仁一起出城投降。

樊城的守將曹仁，得到曹操派徐晃率兵前來救援的消息，也率領兵馬突圍而出。一起發動攻擊。關羽包圍樊城的荊州兵馬受到內、外的曹軍夾擊，大亂潰敗，只好率領殘餘的兵馬，渡過襄江，向襄陽而去。忽然有探兵來報：「呂蒙已經奪取荊州。」關羽因而改往公安城。又陸續傳來傅士仁已經投降東吳，而且又殺害使者，替東吳勸降糜芳的消息。關羽一聽怒氣攻心，原來受傷的傷口再一次迸裂，昏倒在地。

眾人將關羽救醒，趙累提出建議，應該一方面派人到成都求救，另一方面從陸路攻擊荊州。關羽依照趙累的建議行事，派遣馬良、伊籍回成都求救，自己則率領兵馬，準備奪回荊州。

關羽在荊州的路上和趙累商議。

關羽說：「現在前有東吳大軍，後有北魏追兵，如果救兵不能及時趕來，那該如何是好？」

趙累回答：「當初呂蒙在陸口曾經和我們約定，共同對抗曹操。現在卻幫助曹操，對我們發動攻擊，是背棄盟約的行為。您可以派遣使者送書信給呂蒙，看呂蒙會如何回答。」

關羽依照趙累的建議，派人到荊州送信給呂蒙。

呂蒙佔領荊州之後，對荊州兵士的家屬給予最妥善的照顧。有士兵傳報關羽使者來到的消息，呂蒙特別出城迎接。使者呈上關羽的書信，呂蒙看完內容，回答使者：「當初和關將軍結交是個人的私見；現在攻擊荊州的行動，卻是遵照君王的旨意，身不由己。」於是設宴款待使者，然後請使者到驛館休息。隨關羽出征的荊州士兵家屬，都來驛館詢問家人近況，並請使者傳達家中平安，衣食無慮的訊息。

使者辭別呂蒙回見關羽，詳細轉達呂蒙的回答。關羽大怒，喝退使者。使者出寨，軍士均來詢問家中的情形，使者告訴軍士，呂蒙非常體恤家屬，而且將家書送給各軍士，於是荊州的軍士都逐漸喪失戰鬥意志。

關羽率兵攻擊荊州，在行軍的過程中，許多軍士都擅自逃回荊州。關羽更加憤怒，命令士兵加速前進。途中，忽然喊聲大震，原來是蔣欽率領東吳兵馬攔住去路。關羽大怒，直接攻擊蔣欽。蔣欽無法抵擋關羽而撤退。關羽追殺了二十餘里。喊聲又起，左邊山谷中，韓當率領兵馬衝出；右邊山谷中，周泰也率領一部分兵馬殺出。蔣欽聽到喊聲也回頭攻擊。在東吳兵馬三路夾攻的情形下，關羽急忙撤退。走不到幾里，山上有許多荊州軍士的家屬，手拿白色旗幟招搖，上面寫著「荊州土人」四字，眾人大喊：「荊州子弟，趕快投降，回家照顧親人吧！」關羽大怒，準備上山擊殺，山邊又有丁奉、徐盛殺出，追趕的蔣欽兵馬也已來到，三路兵馬將關羽困在垓心。山上的荊州百姓呼聲不停，關羽手下的荊州士兵逐漸四散，奔向親人。

等到黃昏，關羽遙遙望去，山上都是荊州士兵在尋找自己的親屬，軍心盡變，關羽也無法阻止。最後部屬只剩三百餘人。撐到三更時，東方喊聲大震，關平、廖化率領兵馬殺入重圍，救出關羽。關平看到軍心已亂，無法作戰，建議關羽先暫時到麥城屯駐，等待救兵。關羽也認為大勢已去，只好先率領殘兵撤退到麥城，加強防守，與諸將共謀對策。

【說計解謀】

《孫子兵法・計篇》上提到「親而離之」是指當敵人精誠團結時，必須想辦法離間敵人之間的情感。這句話與「釜底抽薪」的「不敵其力而消其勢」有相同的意涵。因為破壞敵人的團結，也相對地讓敵人的力量變得薄弱，這樣就可以輕易地擊敗敵人了。

呂蒙奪佔荊州之後，對於荊州士兵的家屬特別撫恤。傅士仁、糜芳的投降，已經翦除了關羽的後援力量。等到關羽的使者來訪，不但善待使者，更讓家屬向使者詢問消息並報平安。使者回寨後，自然會將家書、訊息傳達給荊州士兵。雖然關羽已到窮途末路，但呂蒙對於這個久戰沙場的勇猛老將，依然不敢掉以輕心。最後以強大軍力困住關羽，再讓荊州士兵的家屬拿著大旗，呼喊其子弟，讓荊州兵原本就薄弱的戰鬥意志徹底摧毀，紛紛不由自主地投奔到親人的懷抱。彷彿項羽當初「四面楚歌」的情景再次重演。呂蒙這次「釜底抽薪」的計謀，從佈局到兩軍對敵，可說是得到完全的效果。

曹昭伯奏主封太傅，司馬懿無奈卸兵權

—第19計—釜底抽薪—之2—

《三國演義》第一百零六回，曹叡臨死前囑咐司馬懿及曹爽共掌大權，輔佐幼主曹芳。當時司馬懿和曹爽立即扶立曹芳登上帝位，兩人共同輔政，曹爽對司馬懿態度非常恭謹，所有軍政大事的決策，都先請教司馬懿。

曹爽當時門客有五百多人，其中何晏、鄧颺、李勝、丁謐、畢軌及大司農桓範最受曹爽信任。

何晏告訴曹爽：「主公的軍國大權，不可完全委託他人，以免後患無窮。」

曹爽回答：「司馬懿和我都是受先帝託孤之命的大臣，怎麼忍心背棄他呢？」

何晏說：「以前主公的父親和司馬懿共同抵擋蜀兵的時候，曾經因為和司馬懿打賭，輸了賭賽，最後悶悶不樂，因而致死，主公難道忘記了嗎？」

曹爽猛然想起以往的情景，於是和眾人商議妥當之後，入宮向曹芳建議：「司馬懿因為德高望重，應該加封為太傅。」

曹芳對曹爽非常信任，立刻加封司馬懿為太傅，從此之後，軍、政大權完全落入曹爽手中。曹爽命令其弟曹羲，曹訓、曹彥掌管御林軍，完全控制京城的兵馬。

司馬懿因此推說有病，不再上朝，他的兒子司馬昭、司馬師也都因此卸職賦閒在家。

【說計解謀】

「釜底抽薪」中的「不敵其力而消其勢」說明了如果敵人的勢力龐大，我們不應該與敵人正面衝突，應該想辦法暗中削弱敵人的勢力，這樣就達到敵消我長的目的了。

曹爽本來與司馬懿同掌兵權，兩個人的勢力相當，曹爽為了掌握絕對權力，最好的方法是削弱司馬懿的兵權，因此曹爽以「釜底抽薪」的方法，建議曹芳封司馬懿為空有虛名的太傅職位，表面上將司馬懿提高位階，實際上卻藉以奪取司馬懿的兵權。司馬懿在毫無預警的情況下，接到曹芳的詔命，也不敢抗命，只好忍痛交出兵權。

—第19計—釜底抽薪—之3—

暗發檄文除羽翼，趁其無備削兵權

《三國演義》第一百一十九回，魏國發起毀滅性的攻擊西蜀行動，魏國先鋒鄧艾攻陷綿竹之後，西蜀後主劉禪出城投降。姜維得到劉禪投降的消息，假意投降鍾會，想要尋找機會，挑起鄧艾與鍾會之間的嫌隙，再興復西蜀。

鄧艾得到姜維投降鍾會的消息，更加怨恨鍾會，上奏表向司馬昭建議，應該採取安撫政策，留下西蜀的兵馬休養生息，再封劉禪為扶風王，則東吳一方面懼怕北魏強大軍力，一方面劉禪投降仍然受封為王，會滅其鬥志，就能不戰而征服東吳。

司馬昭看完鄧艾的奏章之後，認為鄧艾可能叛變，自立為王，就先寫一封信給監軍衛瓘，再下詔封鄧艾為太尉，增加食邑二萬戶，封鄧艾兩個兒子為亭侯，各食邑千戶。鄧艾受封之後，衛瓘拿出司馬昭的書信給鄧艾看，信上說鄧艾所提的建議，必須聽候奏報，不可自作主張實行。但是鄧艾認為「將在外，軍命有所不受」，於是又上奏章給司馬昭。司馬昭看完奏章大驚，擔心鄧艾準備謀反。立刻採用賈充之計，封鍾會為司徒，以制伏鄧艾。又命令監軍衛瓘監督鍾會、鄧艾兩路軍馬，必須特別注意鄧艾，以防備鄧艾叛變。

鍾會得到司馬昭的詔命，請姜維前來商議制伏鄧艾的方法。

姜維說：「可以先命令監軍衛瓘收捕鄧艾，如果鄧艾殺了衛瓘，則證明鄧艾已經叛變，再率領大軍攻打鄧艾，就名正言順了。」

鍾會大喜，立即命令衛瓘率領數十人進入成都，收捕鄧艾父子。

衛瓘的部屬勸阻衛瓘：「這一定是鍾會故意讓鄧艾有機會殺你，以證明鄧艾叛變，千萬不可進入成都，否則只有死路一條。」

衛瓘回答：「我已經有好方法可以不抗命，又可以降服鄧艾。」

衛瓘先發出二、三十道的檄文。檄文的內容是：「奉皇上詔命降服鄧艾，其餘的將士都不相關。如果先表示誠意前來歸附，優先封官加爵；膽敢堅持拒絕的，就是謀叛，要誅滅三族。」又準備檻車兩輛，連夜趕到成都。

等到天明公雞鳴叫的時候，鄧艾的部將看到檄文，都前來歸附。當時鄧艾還在酣睡，衛瓘突然率領數十人進入鄧艾府中，大叫：「奉皇上詔命捉拿鄧艾。」鄧艾大驚，滾下床來。衛瓘命令武士將鄧艾父子綁在檻車上，準備押送回洛陽。鄧艾的家僕、守衛大為驚惶，準備搶奪，又看到鍾會率領大軍來到，只好紛紛四散逃走。

【說計解謀】

《孫子兵法・虛實篇》上提到「故策之而知得失之計，作之而知動靜之理，形之而知死生之地，角之而知有餘不足之處」正是說明要了解敵情必須有下列幾個步驟：

1. 仔細分析敵我的狀況，深入了解敵我之間的優劣情勢。
2. 反覆試探敵人可能採取什麼行動。
3. 衡量形勢，了解敵人在什麼情況下會陷入死地，什麼情況下會繼續存活。
4. 精密計算，了解我們還欠缺那一方面的補強，才能夠順利擊敗敵人。

衛瓘接到鍾會的命令擒捉鄧艾，如果不服從就是抗命；但是又可能激發鄧艾反叛的決心，殺了自己。機智的衛瓘衡量整個局勢，採取「釜底抽薪」的方法，發佈檄文只擒捉鄧艾一人，其餘的部將，先來歸附的不但不懲罰，反而有賞。先安撫鄧艾部將的心，形成鄧艾眾叛親離的局面，才能順利翦除鄧艾羽翼，削奪鄧艾兵權，再趁鄧艾還在睡夢中沒有準備，一舉逮捕鄧艾，不但消除了可能招致「殺身之禍」的危險，還順利地完成使命。

第20計

混水摸魚

【計文】

乘其陰亂，利其弱而無主。隨，以向晦入宴息。

【解說】

趁敵人內部發生混亂的時候，利用敵人出現這些弱點而無法自主的情況，立即掌握主控權，擺佈敵人。就如同《易經・隨卦》所顯示：「人跟隨天時而休息」一樣自然。《孫子兵法・計篇》中的「亂而取之」，就是「混水摸魚」最好的註腳。

周公瑾軍令除害，諸葛亮草船借箭

《三國演義》第四十六回，赤壁之戰時，周瑜對曹操的計謀，屢次都被孔明識破，周瑜就準備以計謀殺害孔明，以免孔明日後成為東吳的禍害。

有一天，周瑜派人請孔明到軍帳中討論軍機大事。

周瑜問：「將來與曹操在江中作戰，那一種兵器是最適用呢？」

孔明回答：「在江中作戰，最重要的兵器當然是弓箭了。」

周瑜說：「你的想法和我一樣。但現在軍中正缺乏箭，要煩勞你監督製造十萬枝箭，以供作戰之用。這是我們兩國的公事，請你不要推卸。」

孔明回答：「都督的吩咐，當然應該效勞。請問十萬枝箭，什麼時候要呢？」

周瑜說：「十天之內，可以準備好嗎？」

孔明回答：「曹操的兵馬，隨時都可發動攻擊，如果等候十天，一定會耽誤大事。」

周瑜問：「那麼大概幾天可以完成？」

孔明回答：「只要三天，就可以備妥十萬枝箭了。」

周瑜說：「軍中是不能開玩笑的哦！」

孔明回答：「怎麼敢開都督玩笑？甘願寫下軍令狀，三天之內十萬枝箭如果沒有準備妥當，願意接受最嚴厲的懲罰。」

周瑜以為計謀得逞，大為欣喜，立刻叫軍政司拿軍令狀給孔明書寫，再擺下酒席宴請孔明。

周瑜說：「等軍事完成後，一定有重賞。」

孔明回答：「今天已經來不及了，從明天開始，第三天清晨可以派五百名士兵到江邊搬箭。」說完之後，喝了數杯酒，就起身離去。

魯肅說：「孔明這麼有把握，會不會有什麼詭計啊?!」

周瑜回答：「是他自己投門送死，並不是我逼他。現在立下軍令狀為證，我只要吩咐匠人故意遲延造箭的物品，屆時一定會耽誤日期，再加以定罪，就合情合理了。現在你去打探孔明的虛實，再來回報。」

魯肅依照周瑜的命令去見孔明。

孔明說：「子敬你可要害死我了，當初我就對你說過，不要告訴周瑜我識破他的計謀，想不到你不肯幫我隱瞞，現在果然出事了。三天之內怎麼可能造好十萬枝箭？子敬這次你一定要救我。」

魯肅回答：「是你自願立下軍令狀，我又怎麼能夠救你？」

孔明說：「希望子敬借我二十艘船，每艘船上須有三十名士兵，船上用青布遮蓋，再綁草人數千個在兩邊。第三天就有十萬枝箭。但是不可以讓周瑜知道，否則又會失敗了。」

魯肅答應孔明的要求，但是不了解孔明的目的。他回去之後隻字不提借船之事，只告訴周瑜，孔明並沒有準備箭竹、翎毛等造箭的物品。

周瑜大為懷疑說：「看孔明三天之後，對我如何交代？」

魯肅私下調撥快船二十艘，依照孔明的吩咐準備士兵、草人、青布，等待孔明調用。第一天孔明沒有動靜，第二天孔明也沒有動靜。第三天四更的時候，孔明暗中請魯肅到船上。

魯肅說：「你找我來有什麼用意？」

孔明回答：「特別請子敬一起去取箭。」

魯肅問：「到那裡去拿？」

孔明回答：「子敬你不要再問了，一起前去看看就知道了。」

孔明命令士兵用長繩將二十艘船連接在一起，直接向江北的曹營而去。當天晚上大霧迷濛，長江之上，霧氣更重，伸手不見五指。五更時分，小船已經靠近曹操水寨，孔明命令士兵將船一字排開，在船上擂鼓吶喊。

魯肅大驚說：「如果曹操的兵馬一起發動攻擊，那該怎麼辦？」

孔明笑著回答：「我判斷曹操在大霧瀰漫的時候，怕有埋伏，一定不敢出兵攻擊，我們儘管在船上飲酒，等待霧散就回江南。」

曹操寨中聽到擂鼓吶喊聲，毛玠、于禁慌忙稟報曹操。曹操認為江上大霧瀰漫，敵人突然來到，一定有埋伏，不可輕率發動攻擊。便命令水寨的弓箭手向江中射箭；又命令士兵到旱寨叫張遼、徐晃各帶三千名弓箭手到江邊幫忙，約有一萬多名弓箭手，一起向江中射箭，箭如雨發。孔明命令士兵將船掉頭，靠近曹操的水寨受箭，再命令士兵奮力擂鼓吶喊。等待霧氣漸漸散去，孔明命令士兵收船回營，二十艘船上的草人已經插滿了箭，孔明命令士兵大喊：「謝丞相箭。」曹操知道的時候，小船已經離去數十里，要追趕也來不及了，曹操懊悔不已。

船到岸邊的時候，周瑜已經派五百名士兵等候搬箭，共得十餘萬枝箭。魯肅回營告訴周瑜，孔明取箭的經過，周瑜大驚，自嘆不如。

【說計解謀】

「混水摸魚」中的「乘其陰亂，利其弱而無主」最主要的意涵是利用敵人發生混亂而無所適從的時候，我們再乘機從中得到利益，跟《孫子兵法．計篇》上提到「亂而取之」是同樣的道理。不過敵人不會無故自亂，所以真正的關鍵是如何設計讓敵人「亂」，這就必須做到《孫子兵法．勢篇》中的「形之，敵必從之」，讓敵人順著我們塑造的形勢而行動。

周瑜本想以造箭之事，為難孔明，再藉機陷害。不料深諳天文的孔明使出「混水摸魚」的方法，利用大霧瀰漫作為掩護，以小船、草人為工具，命令士兵擂鼓吶喊，引起曹營的混亂、驚慌。精明的曹操怕有埋伏，不敢正面迎戰，於是命令士兵在江邊大量射箭，以阻止敵人進攻。想要等到大霧散去，情況明朗再作處置。孔明也因此輕而易舉地獲得十餘萬枝箭，不但解決了殺身之危，還順利完成使命。孔明對於曹操的個性、處理事情方法的判斷，真是令人嘆服。

—第20計—混水摸魚—之2—

龐德魚目混明珠，馬超乘亂入長安

《三國演義》第五十八回，曹操斬殺馬騰，馬超為報父仇，與西涼太守韓遂共起二十萬大軍，殺向長安城。

長安城的郡守鍾繇，一方面派人稟報曹操西涼軍入侵的消息，一方面則在城外佈陣，準備迎敵。西涼兵的先鋒馬岱率領一萬五千名士兵與鍾繇交戰，鍾繇無法抵擋勇猛的西涼兵，大敗撤退。馬超與韓遂隨後率領大軍圍住長安城。

長安是西漢建都的地方，城牆非常堅固、高峻。鍾繇只是防守，並不出城迎敵。西涼兵連續圍攻十日，也無法攻破長安城。龐德認為長安城土質堅硬，水質鹹澀，不適合飲食，而且城內無柴可供炊飯，現在包圍了十天，軍民都已經飢餓，不如暫時退兵，依計行事，一定可以攻佔長安城。

馬超聽完龐德的計謀大為欣喜，命令士兵撤退，由他親自斷後，以防範鍾繇追擊。

第二天，鍾繇登上城樓，見西涼兵已經完全撤退，害怕這是在耍詭計，命令士兵打探敵人的蹤跡，西涼兵果然已經退去，鍾繇才放心讓軍民出城打柴取水，自由出入。等到第五天，西涼兵又發動攻擊，在城外的軍民都爭先恐後入城，鍾繇仍然關閉城門，採取堅守策略。

當天晚上，鍾繇的弟弟鍾進，負責防守西門。半夜三更的時候，城中突然起火，鍾進趕來救火。城邊突然出現一人騎馬拿刀大喝：「龐德在此。」鍾進措手不及，被龐德一刀斬於馬下。勇猛的龐德殺散鍾進隨行的軍士，隨後斬斷城門大鎖，城外包圍的西涼兵馬，在馬超與韓遂的率領下，乘機蜂擁入城。鍾繇放棄長安城，從東門逃脫，退到潼關防守。

【說計解謀】

《孫子兵法．火攻篇》上提到「火發於內，則早應之於外」說明了想要在敵營內放火，引起敵人混亂，必須在火攻之前，先在敵營外安排妥當，當敵營發生混亂情況，立刻掌握機會發動突擊，這種時機稍縱即逝，如果沒有完全掌握將會徒勞無功。

長安城堅固難攻，龐德依據它的特性，分析它的缺點，然後建議馬超以「混水摸魚」的方法，先暫時撤退，等長安城軍民出城打柴取水時，讓龐德單人混入長安城外出打柴取水的民眾中，再乘亂進城。龐德利用半夜三更放火，引起混亂，再乘機殺掉防守城門的鍾進人馬，然後開城門讓西涼兵可以順利入城。從這個計謀可以看出龐德真是一位膽大謀深的猛將。

取陳倉郝昭驚死，襲散關魏人驚走

《三國演義》第九十八回，孫權登壇即帝位之後，孔明建議劉禪派人帶禮物向東吳祝賀，並請東吳陸遜一起攻打魏國。孔明認為陸遜如果發動攻擊，北魏一定會派司馬懿抵抗東吳兵馬，屆時西蜀再攻打祁山，就可能有機會奪佔長安城了。

劉禪於是派太尉陳震攜帶名馬、玉帶、珠寶等禮物，到東吳向孫權祝賀。

孫權非常高興，設宴款待陳震，再送陳震回西蜀。孫權召陸遜入宮，告訴他西蜀約定共同討伐北魏的情事。陸遜認為既然和西蜀結盟，就應該遵守盟約，但是也要考慮對自己最有利的方法。建議孫權假裝整頓兵馬和西蜀呼應，等待孔明攻打魏國，再乘機奪取中原。孫權立刻下令整頓東吳的兵馬，選擇吉日再攻打魏國。

陳震回到漢中，向孔明稟報結盟經過。孔明還在憂慮陳倉不容易攻擊，所以先派人去打聽消息。探子回報：「陳倉城的守將郝昭已經病重臥床了。」孔明心中大喜。

孔明吩咐魏延、姜維：「你們兩人各率領五千人馬，利用黑夜為掩護到陳倉城，如果看見城內起火，就開始攻城。」

兩人問：「什麼時候起程前往陳倉？」

孔明回答：「三天之內就要準備妥當，不須再來稟報，直接起程。」

魏延、姜維弄不清孔明葫蘆裡到底賣的是什麼膏藥，只好依照孔明的吩咐進行。孔明在魏延、姜維離開之後，又吩咐關興、張苞兩人依密計行事。

郭淮聽說郝昭病重，派張郃先率領三千人馬接替郝昭守城。

郝昭病情嚴重，當天晚上正疼痛呻吟的時候，忽然有蜀兵已經兵臨城下的消息傳來。郝昭急忙命令士兵加強防守。這時各城門附近突然起火燃燒，城中秩序非常混亂，郝昭大驚致死。陳倉失去主將，無人控制，城門因而大開，蜀兵一擁而入。

魏延、姜維率領兵馬來到陳倉城下，並沒有看見旗幟和打更的人，兩人因而不敢輕易攻城。忽然城上一聲砲響，四面旗幟一起豎起，孔明在城上大叫：「你們兩人來得太慢了。」魏延、姜維兩人慌忙下馬，拜伏在地上。孔明命令士兵開城門讓魏延、姜維的兵馬入城。

孔明說：「我打聽到郝昭病情嚴重的消息，命令你們兩人三天內率兵攻城，目的是在穩定軍心，也不讓郝昭有所提防。我命令關興、張苞假裝點召兵馬，事實上卻偷偷出軍，而我就暗藏在軍中，直接連夜趕到城下，讓郝昭無法調派兵馬。另外我早就埋伏好奸細，讓他們在城內放火，並且四處叫喊，引起混亂，我們則在城外呼應。郝昭病重，一定無法控制混亂的情況。魏兵驚疑不定，又沒有主將，一定會混亂不堪。我就利用這種混亂的情況，輕易奪取陳倉。正是《孫子兵法》中所提到的：『出其不意，攻其無備』的呈現。」

魏延、姜維兩人心悅誠服拜倒在地。

孔明又告訴魏延、姜維：「你們兩人暫且不要卸甲休息，先率領兵馬直接攻擊散關。散關現在沒有大將把守，如果聽到蜀兵攻擊的消息，一定會慌亂的四散逃走。如果遲疑而延誤時機，就會有魏將來到散關，屆時要想再奪佔散關，恐怕已經不容易了。」

魏延、姜維依照孔明的命令，率領兵馬迅速趕到散關。防守散關的人員，果然都已撤走。魏延、姜維兩人登上城樓，才要休息，就看見遠方風塵滾滾，魏將張郃率領魏兵來到。姜維、魏延兩人分別率兵守住要道。張郃看見蜀兵已經守住要道，無法進擊，下命退兵。魏延隨後追殺，張郃大敗而去。

【說計解謀】

《孫子兵法・虛實篇》上提到「人皆知我所以勝之形，而莫知吾所以制勝之形」，這句話的意思是戰爭是件隱密幽微的事，戰爭結果，每個人都看到我取得勝利了，可是卻不知道我為什麼能夠取得勝利。

孔明是一個非常擅於利用「形」的人，他趁著郝昭病重，無法指揮兵馬的時候，命令魏延、姜維兩人大張旗鼓，準備三天之後的攻擊行動，魏兵也因而沒有立即加強防備。他自己卻與關興、張苞悄悄地率領蜀兵來到陳倉城下，利用早就安排的奸細，製造混亂，讓病危的郝昭大驚而死。陳倉城內、外相互吶喊呼應，城內的魏兵不知蜀兵有多少兵馬，又失去主將無人領導，於是紛紛逃命，孔明輕易入城。再命令魏延、姜維在散關無大將防守，魏兵得到陳倉失陷的消息一定會慌亂逃命的情況下，迅速奪佔散關。孔明這次「混水摸魚」的計謀，為《孫子兵法．謀攻篇》中「善用兵者，屈人之兵，而非戰也；拔人之城，而非攻也」作了最好的寫照。

一第20計一混水摸魚一之4一

鄧艾地道設伏兵，姜維夜亂兵不驚

《三國演義》第一百一十三回，蜀漢景耀元年冬天，姜維與夏侯霸率領中軍，王含、蔣斌率領左軍，蔣舒、傅僉率領右軍，以廖化、張翼兩人為先鋒，共起蜀兵二十萬向祁山出發，到谷口下寨，準備攻打魏國。

當時魏將鄧艾正在祁山寨中整頓兵馬，忽然得到蜀兵在谷口設立營寨的消息，登高眺望一番，大為欣喜。原來鄧艾先前觀察地形環境，預留了蜀軍設立營寨的位置，而在地下暗中早已挖掘從祁山魏寨到蜀寨的地道，等待蜀兵紮營時再進行突襲。

此刻姜維在谷口設立三個營寨，地道正好在王含、蔣斌的左軍營寨下。鄧艾命令鄧忠、師纂各率領一萬名士兵從左、右兩邊發動攻擊。再命令副將鄭倫率領五百名士兵，在當天夜晚二更的時候，從地道進入蜀寨，從左軍營帳後的地下一擁而出。

王含、蔣斌設立營寨尚未牢固，為防範魏兵前來劫寨，帶甲休息，不敢疏忽。二更時分，寨內忽然喊聲大起，蜀兵一片混亂。王含、蔣斌立即上馬察看。寨外鄧忠率領魏兵殺到，王含、蔣斌在魏兵內、外夾攻的情形下，放棄營寨逃走。

姜維在中軍的軍帳中，聽到左寨人馬雜遝的聲音，判斷左寨一定遭到魏兵內外夾擊。他急忙下令：「如果有擅自行動的人立即斬首，如果有敵兵接近，不須詢問，馬上以箭射殺。」又派人到蔣舒、傅僉的右營，傳達相同的命令。

魏兵奪佔蜀軍左寨後，連續發動十餘次攻擊，但是都被蜀兵亂箭射回，無法靠近蜀軍中寨、右寨。等到天明，鄧艾不敢久留，命令士兵撤退回祁山魏寨。並沒有對蜀兵造成重大損傷。

【說計解謀】

《孫子兵法・軍爭篇》上提到「以治待亂，以靜待譁，此治心者也」說明了嚴整可以控制混亂；肅靜可以控制喧譁，這正是掌握士兵心理因素、控制士兵情緒的最好方法。

鄧艾以「混水摸魚」的方法，命令鄭倫從早先挖掘的地道進入蜀軍左寨，發動攻擊。引起蜀軍內部的混亂，再配合鄧忠從外部攻擊，果然輕易奪佔蜀軍左寨。鄧艾要進一步以蜀軍左寨的魏兵為內應，配合師纂的兵馬，內外夾擊中軍及右寨的蜀兵。不料鎮定的姜維，立即命令中軍及右寨的蜀兵，堅守崗位，不許擅自行動。只要敵兵靠近，立即射殺，不讓魏兵有機可乘。使得故技重施的鄧艾無法得逞，最後只好無功而返地撤退回祁山魏寨。

第21計

金蟬脫殼

【計文】

存其形，完其勢，友不疑，敵不動，巽而止蠱。

【解說】

「金蟬脫殼」是強調偽裝的計謀。表面上保持嚴整的態勢，連朋友都看不出變化，所以不會產生懷疑，敵人就更不敢貿然行動。利用表面嚴整不變的態勢欺敵，暗中卻隱蔽地抽取精銳的力量，分身去達成其他的目的。

虛張聲勢曹洪屯兵，金蟬脫殼曹操迎敵

《三國演義》第三十一回，曹操在倉亭擊潰袁紹，袁紹的實力大傷，率領殘兵敗將退入冀州養病，由袁尚、審配、逢紀暫時掌理軍機大事。

曹操自從倉亭大勝之後，派人探查冀州的消息。奸細回報：「袁紹已經生病。冀州城現在是袁尚、審配負責防備。袁譚回青州、袁熙回幽州、高幹回并州，各自整頓兵馬。」許多部將都勸曹操趕快發動攻擊，不要讓袁紹有喘息的機會。但是曹操認為冀州的糧食充足，審配又富有機謀，並不是急攻的好時機。

正在商議的時候，荀彧派人送來書信，信上說：「劉備在汝南得到劉辟、龔都的數萬兵馬。聽說丞相率領兵馬攻擊河北袁紹，便命令劉辟守汝南，劉備已經率領兵馬準備攻擊許昌，請丞相趕快班師回到許昌抵擋劉備。」曹操看完書信大吃一驚，命令曹洪屯兵河上，故意虛張聲勢地紮營、設寨，好像大軍正在整頓一般。曹操則暗中率領精銳大軍到汝南，準備迎戰劉備。

劉備與關羽、張飛、趙雲等，率領兵馬準備攻擊許都，來到穰山附近，與曹操的兵馬正面遭遇。劉備在穰山設立三個營寨，關羽駐紮在東南角，張飛駐紮在西南角，劉備與趙雲駐紮在正南。曹操的兵馬長途跋涉，非常疲憊，無法抵擋劉備的三面夾攻，因而第一次交戰失敗，撤退後也設立營寨。

第二日，劉備派遣趙雲到曹操營寨前挑戰，但是曹操並不理會。一連十天，都是如此。劉備再派遣張飛挑戰，曹操仍然堅守不出。劉備開始心生恐懼、懷疑。忽然有消息傳來：「龔都運送糧草，已經被曹軍包圍了。」劉備急忙命令張飛前去救援。又有消息傳來：「夏侯惇率領曹軍，由背後直接攻擊汝南。」劉備大驚失色，派遣關羽趕往救援。不到一天，有消息傳來：「夏侯惇已經攻破汝南，劉辟棄城逃走，關羽的兵馬現在正被夏侯惇包圍。」劉備嚇得面如土色。又有消息傳來：「張飛去救龔都，也被曹軍包圍。」劉備想要撤退，又害怕曹操會隨後追擊。寨外忽然傳來許褚挑戰。劉備不敢出寨迎敵，命令軍士飽餐一頓，準備撤兵。

等到天色昏暗，劉備命令少數士兵留在寨中點燃夜燈，大聲打更報時，想要欺瞞曹操。暗中卻命令士兵撤退。劉備的兵馬才撤退不到數里，忽然火把齊明，山上有聲音大喊：「不要放走了劉備。」趙雲為劉備殺開血路，半途中遇到許褚，趙雲與許褚交戰。背後魏將于禁、李典也率兵追到，劉備勢單力薄，落荒而逃。

即將天明時，劉備遇到劉辟率領殘兵千餘人，護送劉備的家屬前來會合。走不到數里，張郃率魏兵擋住去路，劉備正想後退，但是後方高覽又率兵追趕即將到來。劉備看前後無路，想拔劍自殺。劉辟急忙制止。劉辟想為劉備殺開血路，因而與高覽交戰，被一刀砍殺於馬下。忽然高覽兵馬發生混亂，趙雲急奔而來，一鎗刺死高覽。而後又獨自迎戰張郃，發揮「一夫當關，萬夫莫敵」的勇猛，張郃也不敢撤退。途中又遇到關羽、關平、周倉率領三百多名士兵趕到，再會合張飛，由劉備、關羽、張飛、趙雲四人斷後，且戰且走。曹操也不再繼續追趕。

【說計解謀】

「金蟬脫殼」的「存其形，完其勢，友不疑，敵不動」表示「金蟬脫殼」最重要的意旨是表面上保存完全的形態來欺騙敵人，實際上卻抽換作戰主力到其他地方進行任務，目的是讓敵人不知道真正的實情，而不敢妄自採取行動。

曹操第一次以「金蟬脫殼」的方法，讓曹洪虛張聲勢地構築工事，使得袁紹認為曹操大軍仍在，而不敢妄加攻擊。但是曹操早已率領精銳的大軍迎戰劉備。面對劉備，吃了首次的敗仗之後，曹操故技重施，對劉備的搦戰不睬不理，暗中攻擊汝南，包圍運糧的龔都。等到劉備發覺情勢不妙的時候，已經來不及了。劉備也想以「金蟬脫殼」的方法撤退，可惜因為「時機」早在曹操的掌握之中，反而陷入了一連串的埋伏，若不是劉辟制止，劉備差一點就要自殺。從這一次戰役中可以發現劉備的警覺性遠不如曹操，也難怪劉備在遇見孔明之前會盡吃敗仗了。

孔明設壇巧借東風，周瑜失算縱虎歸山

《三國演義》第四十九回，赤壁之戰前，周瑜所有的攻擊計畫都已經準備妥當，突然想起，現在正當寒冬之際，風向都是西北風，曹操的兵馬在江北，如果用火攻，反而會因風勢的關係而燒到自己的兵馬。想到這裡，周瑜不覺昏倒，口吐鮮血。部屬將周瑜扶回營中，從此，周瑜臥病在床。

魯肅將周瑜臥病的事，告訴孔明。孔明自告奮勇表示能醫治周瑜，魯肅因而帶孔明回營見周瑜。

孔明笑笑說：「我有一個方法，能讓都督胸中的鬱氣通順，解除煩憂。」

周瑜回答：「希望先生賜教。」

孔明在紙上寫著：「欲破曹公，宜用火攻；萬事俱備，只欠東風。」然後拿給周瑜看。

周瑜看完心中大驚。

周瑜假意笑笑說：「先生既然已經知道我的病源，那應該用什麼方法醫治？事情迫在眉睫，希望你能賜教。」

孔明回答：「我曾經得到奇人傳授我遁甲天書，可以呼風喚雨，從十一月二十日甲子時祭風，到二十二日丙寅時風停，應該夠了吧！」

周瑜聽完大喜，從病床上一躍而起，命令五百名精壯軍士到南屏山築壇；再撥一百二十人拿旗守壇，聽候孔明差遣。

孔明步出周瑜的營帳，與魯肅到南屏山，指揮軍士築壇，再按照二十八星宿的位置安排旗幟，終於完成了「七星壇」。孔明在十一月二十日甲子沐浴齋戒，來到壇前，請魯肅到軍中幫忙周瑜調派兵馬。另外，孔明吩咐軍士不許擅離崗位，不可交頭接耳，違令者斬。

周瑜已經將攻擊曹軍所需的一切人員、船隻準備妥當，黃蓋也已將乾柴、魚油、硫黃、硝石等引火物品，暗藏在船隻之中，船頭插上與曹操約定的暗號青龍牙旗，只等待周瑜的命令就可以出軍。將近三更，風勢漸漸增大，忽然間東南風大作。

周瑜大驚失色說：「孔明有奪天造地的方法，鬼神難測，如果留下他的性命，將來一定是東吳的禍根。應該早一點除掉，以免留下後患。」

周瑜立刻吩咐丁奉率領一百人從陸路出發，徐盛率領一百人從水路出發，到南屏山，只要捉到孔明，不須詢問，立即斬首。丁奉循陸路來到南屏山七星壇前，已經看不到孔明，問守壇軍士，都回答：「孔明已經下壇了。」

徐盛的船也來到江邊。小兵稟報：「昨晚有一艘快船停在江邊，孔明剛剛已經上船了。」丁奉、徐盛兩人聽完立刻分別從水、陸兩方面追趕。

徐盛令士兵張帆追趕，遠遠已經看見小船。

徐盛大叫：「軍師請不要離去，都督有事找您商議。」

孔明大笑說：「請你稟告都督，好好用兵，諸葛亮先回夏口，以後再相見了。」

徐盛說：「請先停下，有重要事稟報。」

孔明回答：「我早就算準了都督一定會派人來殺我，所以預先安排趙子龍來接應，你不用再追趕了。」

徐盛看到孔明的小船沒有張帆，加緊急追，眼看就要靠近小船。

趙雲大叫：「我是常山趙子龍，奉命前來接應軍師，你怎麼還緊追不捨？本來想一箭射死你，但是恐怕會傷了西蜀和東吳的友好關係，現在讓你看看我的厲害。」

趙雲說完，就拿箭射斷徐盛船上的帆繩，帆應聲掉落水中，船就在水中打橫。趙雲命令士兵張帆，順風而行。

丁奉、徐盛兩人回見周瑜，告訴周瑜：「孔明早就安排趙子龍在江邊接應。」周瑜聽完，再一次心驚膽顫，自嘆不如。

【說計解謀】

《孫子兵法・火攻篇》上提到「行火必有因，煙火必素具。發火有時，起火有日」說明了火攻最重要因素是時機、風向，如果無法確實掌握風向，不但未蒙其利，還會反受其害。

周瑜知道進行火攻是能否致勝的關鍵，但是卻缺少最重要的火引——東南風，而憂心成疾，讓孔明有機會說服周瑜到南屏山築七星壇借東南風，才能進一步施展「金蟬脫殼」的妙計。孔明在南屏山七星壇前一副裝神弄鬼的模樣，好像煞有其事。命令士兵不得交頭接耳、擅離崗位違令者斬，只是一個障眼法，方便孔明自由離去，不受干涉。又吩咐魯肅回營中協助周瑜，以擺脫魯肅的監視。事實上，熟諳天文的孔明，早就料定在季節轉換的隆冬會產生季節風，使西北風轉換成東南風。如同「草船借箭」時料定會有大霧一般。築壇借風只是孔明安排「金蟬脫殼」的一個障眼法而已，孔明神機妙算，連季節風的日期都推算得出來，也猜出周瑜心懷鬼胎。其聰明睿智讓人印象深刻，深深嘆服。

—第21計—金蟬脫殼—之3—

張聲揚勢佯進軍，金蟬脫殼真退兵

《三國演義》第一百零三回，司馬懿在祁山抵禦孔明的攻擊；東吳也乘機分三路入侵魏境。曹叡得到孫權分三路攻來的消息，立刻命令劉劭率領兵馬救援江夏，田豫率領兵馬救援襄陽，曹叡與大將滿寵率領大軍救援合淝。

滿寵率領一部分兵馬到巢湖口，看見東吳有無數旌旗嚴整的戰船。滿寵向曹叡提出建議說：「東吳的將士認為魏軍遠道而來，已經筋疲力盡，所以不會特別加強防備。今晚可乘虛攻打水寨，一定會獲得勝利。」曹叡採納滿寵的意見，命令張球率領五千名士兵，各自攜帶縱火器具，從湖口攻擊；滿寵率領五千名士兵，從東岸攻擊。

當天晚上二更時分，張球、滿寵各率領兵馬悄悄向湖口進軍，將到東吳水寨的時候，兩路兵馬齊聲吶喊。東吳的士兵沒有防備，黑夜中不知有多少魏軍殺來，引起一陣慌亂，都紛紛走避。魏兵乘機燒毀戰船、糧草不計其數。東吳守將諸葛瑾率領殘留的士兵逃回沔口。魏兵大獲全勝。

第二天，哨兵將諸葛瑾兵敗的消息回報陸遜。陸遜立即寫上奏表，請孫權率領兵馬阻斷魏軍歸路，陸遜則攻打其前方，兩邊前後夾擊，必可破敵。陸遜寫完奏章之後派一名小兵，送到新城呈給孫權。但是這名小兵才到渡口，就被魏軍的士兵捉住，押到魏軍中見曹叡。曹叡搜到陸遜的奏章，讀完大嘆陸遜之計謀周到，於是命令劉劭特別防備孫權的兵馬。

諸葛瑾大敗之後，正當炎暑，人馬都易生疾病。諸葛瑾寫信派人送給陸遜，商議退兵的事。

陸遜看完書信，告訴使者：「請回報上將軍，我已經有主張了。」

使者將陸遜的回答，回報諸葛瑾。

諸葛瑾問：「陸將軍有什麼舉動呢？」

使者回答：「只有看見陸將軍派士兵在營外種豆菽，自己則與將領在轅門比賽射箭。」

諸葛瑾聽完大驚，親自到陸遜營中，詢問陸遜。

諸葛瑾說：「現在曹叡親自率領大軍前來，聲勢浩大，都督有什麼方法抵禦呢？」

陸遜回答：「我曾經呈上奏章給主公，與主公約定前後夾擊的魏軍，但是沒有想到奏章卻被魏軍截獲。機密既然已經洩露，曹叡一定已經特別防備，再發動攻擊，也沒有好處了。只好暫時先撤退。我已經派人與主公約定慢慢退兵。」

諸葛瑾問：「既然已經做好決定，為什麼不迅速退兵，還全軍在這裡駐紮呢？」

陸遜回答：「現在雖然決定退兵，也要慢慢行動。你先整頓船隻，裝作將與魏軍對抗的姿態，我再帶領兵馬向襄陽進軍，引起敵人的疑心。魏軍一定會忙於做防備措施，我們才能暗中安全地退回江東。如果貿然撤退，魏軍一定乘勢追擊，我們恐怕就會損失慘重了。」

諸葛瑾依照陸遜的方法，回營整頓船隻。陸孫則整肅兵馬，張聲揚勢，向襄陽進逼。

曹叡早已經得到東吳兵馬即將大舉攻擊襄陽的消息。魏軍將領紛紛自告奮勇，準備迎戰陸遜。但是曹叡認為陸遜是一個深有謀略的將領，可能故意施展誘敵之計，於是命令將士加強防備、不可輕易發動攻擊。數日之後，哨兵回報消息：「東吳三路兵馬，已經全部撤退了。」曹叡不相信，再派士兵探查實情，證實東吳的兵馬果然全部撤退了。曹叡對陸遜的才能深深折服，命令將領各自據守險要之地。曹叡則率領大軍駐紮合淝，指揮全局。

【說計解謀】

《孫子兵法．用間篇》上提到「故明君賢將，所以動而勝人，成功出於眾者，先知也。

先知者，不可取於鬼神，不可象於事，不可驗於度。必取於人，知敵之情者也。」清楚說明一個傑出的將領之所以能夠取得勝利的最大因素是已經先了解敵人的動態。想要了解敵人的動態，不能夠藉著求神問卜來判斷，必須藉著「人」來明白實情。

東吳報信的小兵被魏軍擒捉後，陸遜明白東吳的作戰策略已經被曹叡洞悉，如果還採取同樣的作戰方式，必定會招致失敗。陸遜接著分析局勢，認為繼續僵持，對東吳並沒有實質的利益時，決定故意虛張聲勢，偽裝成準備攻擊襄陽的態勢，讓曹叡不敢輕舉妄動，暗中卻漸漸撤退兵馬回江東。等到完全撤離的時候，魏兵才發覺，他這招「金蟬脫殼」之計，完全掌握了「存其形，完其勢，友不疑，敵不動」的真義。

—第21計—金蟬脫殼—之4—

姜維提大兵逕襲南安，鄧艾遣兩軍暗伏段谷

《三國演義》第一百一十一回，鄧艾和陳泰率領雍州、涼州兩路兵馬駐紮在狄道城外，鄧艾認為姜維會再率兵發動攻擊，所以每日操練兵馬，並且在每個隘口都設立營寨，防範蜀兵的突擊行動。

另一方面，姜維認為現在魏兵未經整合訓練，就像是烏合之眾，而且蜀兵可在祁山奪取

穀食作為軍糧，正是攻擊魏兵的好時機。夏侯霸認為鄧艾雖然年幼，但是機謀深達，最近又受魏王封為安西將軍的職務，一定會在各處要塞提防、準備，現在發動攻擊恐怕不易成功。但是姜維仍然堅持己見，計畫先奪取隴西。

姜維自己率領大軍離開鍾堤，殺向祁山，哨兵將魏兵已經在祁山設立九個寨柵的情況回報姜維。姜維不信，親自登高瞭望，果然看見祁山上有九個魏寨，就像一條長蛇，前後相顧，才知道夏侯霸所說的並不虛假。姜維認為魏寨佈置整齊，鄧艾一定在祁山上，於是命令部將虛張姜維的旗號，在谷口下寨，每天派遣百餘人騎馬巡哨，每次出哨就換一次衣服，按照青、黃、赤、白、黑五種旗幟依序更換。姜維自己則率領大軍，直接攻擊南安。

鄧艾得到蜀兵攻擊祁山的消息，就和陳泰提早防備，卻看見蜀兵只在谷口下寨，每天都派人出寨十或十五里巡邏，卻不發動攻擊。鄧艾看見蜀兵只是換衣服巡邏，而馬匹都困乏無力，認為姜維一定去偷襲南安，現在蜀寨的守將一定相當無能，兵力也一定非常薄弱，陳泰可率領一部分兵力攻擊蜀寨，必能獲得勝利。破了蜀寨之後就率兵攻擊董亭，阻斷姜維的歸路。鄧艾自己則在段谷埋伏。姜維一定會上當而失敗。

陳泰駐守隴西二十餘年，對隴西地理的熟悉卻不如鄧艾，因此非常佩服鄧艾，全力遵從鄧艾的安排。於是鄧艾率領大軍，直接到武城山設立營寨，再命令鄧忠和師纂各率領五千人到段谷埋伏。

姜維從董亭向南安而來，到武城山前，告訴夏侯霸：「南安附近有一座武城山，如果佔領它得到地利，想要奪取南安就非常容易了。但是鄧艾多謀，要事先提防才行。」話還沒說完，忽然一聲砲響，喊聲大震，山中旌旗遍立，都是魏兵，旗上寫著「鄧艾」兩字，蜀兵看到這種情形都大吃一驚。山上的魏兵一起衝殺下來，蜀兵的前頭兵馬無法抵擋，都戰敗撤退。姜維率領大軍支援，魏兵早就撤退。蜀兵準備休息，魏兵就吶喊攻擊；蜀軍準備迎戰，魏軍又退兵回寨。武城山易守難攻，魏兵得地利之便，所以蜀兵都無法上山攻擊。姜維命令蜀兵搬運木石，準備設立營寨，山上號角又響，魏兵突然發動攻擊，造成蜀軍大敗。一連幾次，蜀兵無法作戰，又無法休息，也不能設立營寨。姜維看情形不妙，準備攻取南安城屯積糧草的地方上邽。於是命令夏侯霸駐紮在武城山下，姜維自己率領一部分精兵攻取上邽。

姜維的兵馬走了一夜，即將天明，看見山壁陡峭，山路崎嶇難行，就問嚮導的人員：「這裡的地名是什麼？」嚮導的人員回答：「段谷」。姜維認為「段谷」和「斷谷」諧音，一定是谷口狹小，容易阻斷，如果有伏兵，後果不堪設想。還在疑慮的時候，前方忽然塵土飛揚，姜維連忙傳令退兵。魏將師纂、鄧忠各率一部分兵馬殺到，姜維一面撤退一面抵抗。前面喊聲大震，鄧艾又率領大軍前來夾擊，姜維的兵馬無法抵擋，傷亡慘重。幸好夏侯霸趕來支援，魏軍才退兵，姜維死裡逃生。

姜維正準備回祁山，夏侯霸告訴姜維，祁山寨早就被陳泰攻破，鮑素陣亡，殘存的蜀兵已經退回漢中。姜維無計可施，命令蜀兵從山僻小路回漢中。後面鄧艾急急追趕，姜維令軍隊先行，由他親自斷後。途中魏將陳泰又率領魏兵殺到，將姜維困在垓心。張嶷得到姜維受困的消息，率領數百人趕來救援。姜維才得以脫困逃回漢中，張嶷最後被魏兵亂箭射死。

【說計解謀】

《孫子兵法・行軍篇》上提到「兵怒而相迎，久而不合，又不相去，必謹察之。」說明了敵人的大軍遠道而來，經過一段時間不肯交戰卻又不肯離去，表示敵人另有企圖，必須小心、謹慎提防，以免中了敵人詭計。

姜維大軍到祁山寨前，看到鄧艾早有準備，於是想以「金蟬脫殼」之計，派部屬虛張旗幟，每日出哨更換旗幟、衣服，自己卻率領大軍偷襲南安。姜維這一個舉動犯了《孫子兵法・行軍篇》中「兵怒而相迎，久而不合，又不相去，必謹察之」的大忌，對於也深諳兵法的鄧艾而言，無疑是自暴其短。

姜維對敵人將領的實力未作詳實的評估，只因為表象的有利情勢，就貿然發動攻擊，是第一個缺失。實施「金蟬脫殼」的計謀，沒有派遣能幹的將領守寨，使得作戰欺敵的行動沒多久就被鄧艾識破，是第二個缺失。對於作戰地理環境沒有詳細勘察，造成「段谷遭伏」是第三個缺失。因為這三個缺失不但使蜀軍無功而返，而且還損兵折將，付出相當大的代價。

第22計 關門捉賊

【計文】

小敵困之，剝，不利攸往。

【解說】

當敵人已經處於絕對的弱勢，被包圍困住時，必須先摧毀敵人的意志，然後才可以一網打盡。如果敵人已經脱逃，而有求生的機會，不可再緊迫追趕。因為敵人可能是誘餌，故意引誘我方追擊，再以佈下的陷阱進行伏擊；或是為了保全生命，不擇手段加以抵抗，對我方會造成相當大的損傷。「關門捉賊」和兵法中的「圍師必闕」表面上好像是互相矛盾，事實上是時勢不同，所採取的策略也不相同。必須靈活運用。

陳宮關門四面設伏，典韋突危三番救主

《三國演義》第十二回，呂布利用曹操攻打徐州的時候，乘機奪佔曹操的根據地濮陽、兗州。曹操得到消息之後，立即率領大軍回頭與呂布交戰。第一次交戰，曹操戰敗，因為得到夏侯惇的救援，才順利退回寨內。

呂布回寨後與陳宮商議。

陳宮說：「濮陽城有一個大富豪田氏，只要命令他寫信，信中說明『呂布殘暴不仁，民心怨恨；現在已經率領大軍到黎陽，只有高順留在城內，請你派兵連夜攻擊，我在城內作為內應』。再暗中派田氏家僕送到曹操營寨中。曹操如果率兵前來，將他引誘入城，四個城門都放火，再埋伏士兵攻擊。曹操即使有經天緯地的奇才，也插翅難飛了。」

呂布依照陳宮的方法，暗中命令田氏派家僕到曹寨中送信。曹操因為首戰失利，正在苦思良策。忽然有濮陽城田氏家僕送來書信，信上說明「呂布已經率領大軍，前往黎陽，城內空虛，希望你迅速發動攻擊，我在城內作為內應。城上如果插上白色義旗，就是暗號。」曹操看完書信大喜，重金賞賜田氏家僕，一方面整頓兵馬，準備攻擊。劉曄認為呂布雖然沒有謀略，但是陳宮詭計多端，不能沒有防備，建議曹操將兵馬分為三部分，其中兩隊在城外埋伏接應，只要一隊入城。曹操採納劉曄的建議，將大軍分為三隊。

曹操率領大軍來到濮陽城下，遠望城上，西北角有一支白色義旗。高順、侯成在城內看見曹操率大軍前來，也開門出城作戰。曹操派典韋迎戰。侯成、高順無法抵擋勇猛的典韋，都退入城中。混戰之際，有人自稱是田氏的密使，混入魏兵中回見曹操。

使者說：「今夜初更的時候，城上會鳴鑼作為攻擊進城的信號，田氏會作內應，打開城門，放曹兵入城。」

曹操命令夏侯惇、曹洪各率領一隊人馬在城外支援。曹操自己與夏侯淵、李典、樂進、典韋四人準備率領一隊兵馬入城。

李典說：「主公先在城外等候，讓我們先入城，以免有埋伏。」

曹操回答：「如果我都不身先士卒，那還有人肯奮力向前嗎？」

初更時分，西門有人鳴鑼，門上火光隱約可見，城門大開，放下吊橋。曹操一馬當先，衝入城門，直接來到府衙，路上都沒有人跡，曹操知道中計，急忙回頭大叫：「退兵。」忽然砲聲一響，四面城門燃起熊熊烈火，金鼓齊鳴，喊聲不絕。東巷內出現張遼，西巷內出現臧霸，兩人夾攻掩殺。曹操急忙奔走北門，又遇見郝萌、曹性殺來。曹操再奔走南門，高順、侯成攔住去路。典韋怒目咬牙，衝殺出去，高順、侯成無法抵擋，倒退出城。典韋來到吊橋邊，回頭不見曹操，又翻身殺入城內，恰好遇見李典。

典韋問：「主公呢？」

李典回答：「我也找不到。」

典韋說：「你現在趕快出城，催促夏侯惇、曹洪快來救援，我再入城尋找主公。」

於是李典出城求救。典韋又殺入城中，一路殺到城濠邊，遇見樂進。

樂進問：「主公在那裡？」

典韋回答：「我來回兩次，都沒有看見。」

樂進說：「再一起殺入城中。」

兩人來到門邊，城上火柱滾下，樂進無法進入，典韋仍然冒生命危險，突破烈火，衝入城中。

先前，曹操看見典韋殺出城，正要尾隨其後，四邊許多人馬攔截，所以無法奔出南門。曹操只好轉向北門，火光中看見呂布騎馬過來。曹操以手遮面，快馬奔過。呂布隨後趕來，用戟敲打曹操的頭盔。

呂布問：「曹操在那裡？」

曹操回答：「前面騎黃馬的就是曹操。」

呂布聽完，快馬向前追趕。曹操立刻回頭奔向東門，恰好遇見典韋。典韋護著曹操，殺開血路，到城門邊，火燄非常大，典韋用戟撥開柴火，縱馬出城。曹操來到門邊，城門忽然掉下一根火柱，正好打到曹操的戰馬，曹操和馬一起撲倒在地。曹操用手將火柱推開，手臂、髮、鬚都被燒傷。典韋見曹操撲倒，又回頭趕來救援，夏侯淵恰好也趕到，兩人一同扶起曹操，奔回營寨。

【說計解謀】

《孫子兵法‧地形篇》上提到「視卒如嬰兒，故可與之赴深谿；視卒如愛子，故可與之俱死」說明了必須將士卒當作是親人看待，士卒才會效命，也表示身為將領必須身先士卒，士卒才會在戰場上拚搏。曹操就是因為了解身先士卒的重要性，才會冒著生命危險入城。

「關門捉賊」中提到「小敵困之」則是說明當敵人的兵力薄弱，我們必須先設下圈套，然後引誘敵人落入我們預設的圈套中，再殲滅敵人。

陳宮以「關門捉賊」的方法，引誘曹操進入濮陽城，又設下重重的埋伏包圍，讓足智多謀的曹操，陷入莫大的危境中。如果不是劉曄的建議，與典韋忘身救主的忠心，曹操恐怕會命喪濮陽城。

—第22計—關門捉賊—之2—

曹操預留錦囊妙計，周瑜入城暗遭冷箭

《三國演義》第五十一回，曹操赤壁之戰一敗塗地之後，回到南郡安歇。次日，曹操準

備回許昌整頓兵馬，命令曹仁據守荊州，夏侯惇守襄陽，張遼守合淝。並且交給曹仁一個錦囊妙計，吩咐曹仁在危險緊急的時候，才可以拆開，依計而行。曹操離開南郡之後，曹仁派遣曹洪守彝陵，提防東吳的攻擊。

曹仁親自據守南郡，曹洪守彝陵，作為犄角可以互相支援。周瑜準備親自率兵與曹仁決戰，甘寧認為應該先攻打彝陵，再奪取南郡。周瑜於是派遣甘寧率領三千人攻打彝陵。曹仁得到此一消息，派遣曹純與牛金暗中率兵支援曹洪。曹純先派人通知曹洪，命令曹洪出城誘敵。

甘寧率領兵馬來到彝陵城，曹洪也率兵出城迎戰。曹洪佯裝不敵敗走。甘寧奪佔彝陵城。黃昏時分，曹純、牛金率領兵馬與曹洪會合，包圍彝陵城。周瑜得到甘寧被圍困在彝陵的消息。命令凌統率領萬餘人留守大寨，自己則親自率領大軍前往彝陵救援。呂蒙認為彝陵南邊有一條小路到南郡非常近，如果曹兵失敗，一定會從這條小路撤退。建議周瑜派兵砍斷樹木，阻斷曹兵歸路，屆時曹兵一定會棄馬逃走，就可奪取曹兵的馬匹了。周瑜依照呂蒙的建議，派人伐木。

周瑜率兵即將到彝陵城，周泰自告奮勇，殺入曹軍之中，來到彝陵城下，甘寧出城迎接。周泰告訴甘寧，周瑜已經親自率領大軍前來解圍。甘寧命令士兵整裝，準備出城作戰。曹純得到周瑜親自率大軍前來，連忙派人到南郡通知曹仁。曹兵在周瑜、甘寧兩方面的夾擊下，大敗，從小路奔逃，看見樹木阻斷去路，果然都棄馬逃走。東吳得到戰馬五百多匹。周瑜率大軍連夜趕回南郡，正好遇到曹洪的兵馬，兩軍混戰一陣，不分勝負，各自收兵。

曹仁回到南郡中，與眾將領商議。

曹洪說：「現在東吳已經奪佔彝陵，情勢危急，應該拆開丞相留下的錦囊，以解除危機。」

曹仁拆開錦囊觀看之後，命令士兵五更造飯，飽食之後在城上遍插旌旗，虛張聲勢，所有的兵馬分三路棄城而出。

周瑜在南郡城外，看見曹兵分三路而出，矮牆上只有虛張旌旗，無人守護。曹兵腰下都縛著包裹，判斷曹仁一定準備撤退逃走。命令士兵分為左、右兩邊，如果前軍得勝，就全力追趕，聽到鑼聲，才可以停止，周瑜也親自率兵對敵。

兩陣對峙，曹洪出馬搦戰，周瑜派韓當迎戰。交鋒不久，曹洪敗走。曹仁親自出來接戰，周泰迎戰，不久，曹仁又敗走，曹軍陣勢錯亂。周瑜命令兩翼的士兵殺出，曹軍大敗。周瑜親自率領大軍追到南郡城下，曹軍都不入城，往西北方向逃走。韓當、周泰率領兵馬急追，周瑜見城門大開，無人防守，命令眾軍搶城，數十人搶先進入，周瑜在背後，快馬加鞭入城。陳矯在敵樓上看見周瑜入城，心中暗暗喝采，一聲鼓響，兩邊箭如雨下。爭先入城的東吳將士都陷入坑內。周瑜急忙勒馬回頭，被毒箭射中左肋，翻身落馬。牛金從城內殺出，準備擒捉周瑜，徐盛、丁奉兩人捨命救走。曹洪、曹仁也分兩路兵馬殺回，東吳大敗，退回寨中。

【說計解謀】

《孫子兵法‧九地篇》上提到「敵人開闔，必亟入之……是故始如處女，敵人開戶，我如脫兔，敵不及拒」說明了當敵人出現間隙時，必須掌握機會，利用這種難得的間隙，衝入敵方陣營，所以剛開始時像處女一樣文靜地等待機會，看到敵人出現間隙後，必須像脫兔一樣敏捷，讓敵人來不及應變。

但是對於熟悉兵法的人而言，有的時候兵法上的真理，也最容易變成陷阱，如同《孫子兵法‧九地篇》上提到的「故為兵之事，在於佯順敵之意」，只要明白敵人的想法，就可以正確判斷敵人的行動，讓敵人上當。

曹操戰敗，準備退回許昌的時候，留給據守南郡的曹仁一個錦囊，錦囊中說明：「如果東吳攻勢危急的時候，以『關門捉賊』的方式，在城內預先挖掘坑洞，讓弓箭手躲在虛立旌旗的矮牆中。曹仁率領腰繫包裹的士兵出戰，然後詐敗逃走。」周瑜看見曹軍都腰繫包裹，傾巢而出，再看南郡城上虛立旌旗，無人防守，誤判曹軍準備撤退，命令士兵奮力追擊，自己則與少數將士衝入南郡城，而遭毒箭射傷。

周瑜了解兵法，曹操也知道周瑜了解兵法，所以故意利用兵法設下陷阱讓周瑜上當，如果不是徐盛、丁奉捨身相救，恐怕周瑜性命不保。

司馬懿斷水圍山，馬幼常痛失街亭

《三國演義》第九十五回，諸葛亮第一次出兵祁山，街亭是西蜀運糧道的必經之地。諸葛亮準備攻打長安的時候，恐怕司馬懿會奪取街亭，阻斷西蜀運糧之路。馬謖自告奮勇，願意率兵到街亭防守。諸葛亮於是派馬謖及王平率領兩萬五千名精兵防守街亭，再派高翔率領一萬人防守柳城，又派魏延率兵駐紮在街亭之右，作為救應。

馬謖、王平兩人到街亭察看地勢。

馬謖笑說：「丞相真是多心，這麼偏僻的地方，魏兵怎麼敢來呢？」

王平說：「就算魏兵不敢來，還是應該在當道路口設立營寨，才是長久之計。」

馬謖說：「當道路口那裡是設立營寨的好位置？旁邊有一座小山，四面都不相連，而且樹木極多，才是設寨的好地點。」

王平回答：「我認為當道設立營寨，魏兵即使有十萬人也無法通過。如果放棄重要路口，而駐紮在山上，魏兵突然來到，四面圍山，恐怕無法保全營寨。」

馬謖大笑說：「你真是婦人之見！兵法中曾經提到『居高臨下，對敵人的動靜一目了然，交戰的時候，殺敵就如同劈竹一般』。如果魏兵來到，我一定要將他殺得片甲不留。」

王平說：「我跟隨丞相多年，承蒙丞相教導。現在觀看這座小山的形勢，正是所謂的絕地。魏兵如果阻斷取水的途徑，不須作戰，就會造成軍士混亂。」

馬謖回答：「《孫子兵法》曾提到『陷之死地然後生』，如果魏兵阻斷取水的途徑，軍士一定會捨身作戰，可以一擋百。我熟讀兵書，丞相很多事在決斷的時候，還要問我的意見，你卻不相信我的判斷？」

王平的意見，馬謖堅不採納，最後王平率領五千名士兵離山十里，設立營寨。

司馬懿命令次子司馬昭先去街亭查探，如果已經有蜀兵防守，就不可輕易進軍。司馬昭查探之後，回營稟報司馬懿。

司馬昭說：「街亭已經有蜀兵防守了。」

司馬懿說：「諸葛亮真是神機妙算，我實在是不如他呀！」

司馬昭說：「父親何必長他人志氣？街亭當道路口並沒有設立營寨，所有的蜀兵都駐紮在小山上，我認為一定可以擊敗蜀兵。」

司馬懿大喜說：「如果蜀兵都駐紮在山上，那真是上天幫忙啊！」

司馬懿親自率領百餘人查探蜀兵的營寨情形。回營之後命令張郃率兵擋住王平的蜀兵，又命令申耽、申儀率領兵馬圍山，阻斷取水的途徑，等待蜀兵產生混亂的時候再乘機攻擊。

第二天，天剛亮，所有魏兵都依照司懿的吩咐各自進兵。司馬懿親自率領大軍，將小山四面團團圍住。

馬謖在山上看見魏兵四面圍山，立刻招動紅旗，命令士兵下山衝殺，但是蜀兵看見魏兵軍容嚴整，聲勢浩大，無人敢動。馬謖怒殺兩位將領，以儆效尤，蜀兵只好努力下山衝殺，但是衝不過魏兵的銅牆鐵壁，只好退回山上，堅守營寨。

王平準備救援馬謖，卻被張郃殺退。蜀兵從辰時到戌時被魏軍包圍，截斷水源，因而滴水未進，粒米未食，人人飢渴不堪。馬謖無法阻止蜀兵叛變。司馬懿又命人放火燒山，山上軍兵大亂。馬謖看情形無法堅守營寨好放棄街亭的營寨，率領殘兵殺下山。司馬懿放開大路，讓馬謖逃命，張郃再隨後追擊，蜀兵大傷。

【說計解謀】

《孫子兵法．九地篇》上雖然提到「投之亡地然後存，陷之死地然後生」，但是這句話的目的，是為了在與敵人正面交戰時激起士兵的作戰意志。如果敵人採取包圍策略而不攻擊，那麼這句話反而是招致失敗的致命傷。

馬謖因為在諸葛亮要出兵南蠻前，建議諸葛亮「攻心為上」的策略，因而深得諸葛亮的青睞，所以諸葛亮才會任命毫無實戰經驗的他擔任主帥，負責防守街亭的重要任務。

其實魏兵可能採取的行動，早已被王平料中，只是未有實戰經驗卻又剛愎自用的馬謖堅決不採納王平的建議，才讓司馬懿有機會以「關門捉賊」的方式，包圍駐紮在小山上的蜀兵，再截斷水源，讓蜀兵飢渴難耐，造成混亂；再放火燒山，引起蜀兵的恐慌，最後只好棄寨逃走。這次馬謖的疏忽，不但造成街亭、列柳城的失守，更讓孔明進軍長安的計畫破滅，徒勞無功地退回漢中。

第23計

遠交近攻

【計文】

形禁勢格，利從近取，害以遠隔。上火下澤。

【解說】

目前的形勢受到限制，對我方不利的時候，要考慮未來的發展性，隨機應變，奪取最容易得到的利益，對於可能產生的危害，則應該保持適當的距離，不要被危害波及。就像是《易經》的「睽」卦，水和火這兩種不同性質的事物，仍然可以相互結合。其實「遠交近攻」可以用一句話來表達：「基於相同的利益，可以聯絡盟友或次要的敵人，共同打擊主要的敵人。」

交結其心袁術送糧，轅門射戟呂布解危

《三國演義》第十六回，袁術想要攻打劉備，報復以前劉備相攻之仇，長史楊大將認為劉備屯居小沛，雖然容易攻打，但是呂布佔據徐州，以前曾經答應送他金銀財寶、糧食、馬匹作為援助，但是到現在都還未送去，恐怕呂布會幫助劉備。如今之計，應當派人送糧食給呂布，雙方結交為盟友，讓呂布按兵不動，再擒捉劉備。等捉到劉備之後，再消滅呂布，徐州就可以輕易奪取了。袁術依照楊大將的方法，派韓胤帶二十萬斛糧食送給呂布。

呂布得到糧食，非常高興地款待韓胤。韓胤回營之後，袁術命令紀靈為大將，率領數萬兵馬攻打小沛。

劉備得到消息，聚集眾人商議。孫乾認為小沛兵馬、糧草都不足夠，建議劉備寫信請呂布幫忙。劉備於是派人送信給呂布。

呂布看了劉備書信之後，與陳宮商議說：「先前袁術送來糧食的目的，就是希望我袖手旁觀，不要援助劉備。如今劉備又來求救，我認為劉備現在屯居小沛，對我並不會造成危害；但是袁術一旦併吞劉備，下一個目標就是我了。」於是整頓兵馬，趕往小沛。

紀靈率領數萬人到小沛的東南紮營。劉備在小沛總共只有兵馬五千，不得已只好勉強出城佈陣。呂布也在小沛西南一里的地方設寨。呂布派人請劉備、紀靈到寨中飲宴。劉備先到，關羽、張飛隨行。

呂布說：「我今天特別來解除你的危難，以後如果飛黃騰達，不要忘了今天這件事。」

劉備道謝後，坐在客席。不久，侍衛報告紀靈已經來到。劉備聽到大驚，準備離席避開紀靈，但是被呂布制止。紀靈入寨看到劉備，也吃了一驚，回頭就走，但是也被呂布扯住。

呂布命令屬下擺酒設宴，酒過數巡。

呂布說：「我生平最討厭爭鬥，卻喜歡幫別人解除爭鬥。今天宴請你們的目的，就是要為你們雙方解除爭鬥。」

紀靈說：「我奉主公的命令，率領十萬兵馬擒捉劉備，你要如何解除爭鬥呢？」

呂布回答：「我請你們雙方解除爭鬥，取決於上天的旨意。轅門外一百五十步插上畫戟，如果我能一箭射中戟上小孔，你們雙方就休兵不戰，如果射不中，你們就各自回營，安排陣仗，我也不插手。如果有人不同意，我現在就率兵攻打他。」

紀靈心中暗想，一百五十步外的戟上小孔不可能射中，於是就答應呂布。劉備處於任人宰割的局勢，也只好答應。

呂布命令士兵到轅門外一百五十步處插上畫戟。只見他挽袖拉弓射箭，一箭正好射中戟上小孔。旁人均齊聲喝采，呂布哈哈大笑，拉著劉備、紀靈兩個人的手。

呂布說：「這正是上天希望你們雙方不要再爭鬥啊！」

紀靈無奈，只好率兵回壽春。

呂布告訴劉備：「如果不是我的幫忙，你恐怕非常危險。」

劉備拜謝呂布之後，與關羽、張飛率兵回小沛。

【說計解謀】

「遠交近攻」中的「利從近取，害以遠隔」表示在有限的時空環境中，一方面從附近的敵人手上奪取利益，另一方面則將危害推到最遠處來暫時逃避，等到有能力解決時，再來處理。

《孫子兵法・九地篇》上提到「是故不知諸侯之謀者，不能預交」說明了如果不了解對方意圖，就必須跟對方保持距離，不要跟對方太過親密，以免被對方利用。所以不管要採取什麼舉動，都必須先了解對方的最後目的，再來決定我們的策略。

袁術原本想以「遠交近攻」的方法，先結交呂布，消滅劉備後，再消滅呂布。可惜呂布明白劉備對他並沒有危害的能力，但是袁術如果消滅劉備，奪取小沛，會對自己造成相當大的危機。因而以「轅門射戟」假託上天作主的方式，解決劉備的危難，但是最終的目的仍然是使自己免於危難。

曹操送信約劉備，陳宮擒使見呂布

《三國演義》第十八回，曹操率領兵馬攻打張繡失敗，又得到袁紹準備來犯許昌的消息，急忙率兵退回許昌。不久，袁紹派遣使者前來送信。

郭嘉說：「袁紹派人送信給丞相，想向丞相借糧草、兵馬，攻打公孫瓚。」

曹操說：「袁紹本來想攻打許昌，現在看我已經率兵回來，又藉口想攻打公孫瓚。我想要討伐袁紹，可惜力量不夠，怎麼辦？」

郭嘉說：「袁紹現在雖然強大，但是終究會失敗。雄據徐州的呂布才是心腹大患。現在袁紹準備討伐公孫瓚，我們正好利用這個不可多得的時機攻打呂布，掃除東南方的障礙，最後再與袁紹決戰，這才是最好的方法。假使我們現在攻打袁紹，呂布一定會趁許昌空虛發動攻擊，對我們會造成極大的危機。」

荀彧說：「先派人送信給劉備，結為盟友，等待劉備的消息，再興兵攻擊。」

於是曹操一方面派人送信給劉備，另一方面款待袁紹的使者，奏請獻帝封袁紹為大將軍太尉，管轄冀、青、幽、并四州。再暗中寫信給袁紹，勸袁紹儘快討伐公孫瓚，表示自己一定會協助袁紹。袁紹得到朝廷的冊封及曹操的密信大為欣喜，立刻興兵攻打公孫瓚。

陳宮認為陳珪父子常常諂媚呂布，一定有目的，警告呂布要小心提防，但是呂布認為陳宮多心，不予理會。陳宮於是悶悶不樂，帶領數人到小沛附近打獵解悶，忽然看見有使者騎快馬傳送文書。陳宮心中大疑，從小路趕上使者，命人搜查使者，得到一封劉備回覆曹操的密信。陳宮將使者連同書信帶回見呂布。呂布看完劉備與曹操結盟準備討伐自己的書信後，大為憤怒，斬殺使者，命令高順、張遼率兵攻打劉備。

高順、張遼率領兵馬殺出徐州，即將來到小沛。劉備得到消息，急忙派遣簡雍為使者，連夜趕到許昌，請曹操派兵支援。高順、張遼率兵攻城，劉備堅守不出，等待曹操的援兵。

簡雍到了許都見曹操，將事情詳細說明，曹操聚集眾人商議。

曹操說：「我想攻打呂布，並不憂慮袁紹，但是劉表、張繡是否會趁許昌空虛而發動攻擊呢？」

荀攸說：「劉表、張繡在丞相撤軍的時候，受到丞相奇兵的伏擊，受損不輕，一定不敢輕舉妄動。而呂布驍勇善戰，如果和袁術結合，恐怕就不易消滅了。」

郭嘉說：「趁現在呂布羽翼未豐，人心尚未歸附的時候，迅速發動猛烈攻擊，才能取勝。」

曹操於是命令夏侯惇、夏侯淵、呂虔、李典率領五萬兵馬先支援劉備，再親自整頓大軍陸續出發。

【說計解謀】

《孫子兵法・計篇》上提到「計利以聽，乃為之勢，以佐其外；勢者，因利而制權也。」說明了作戰時先分析何種情況對我們有利，再想辦法創造出我們期待中的情勢來幫助我們達到目的，所謂「勢」就是根據利益而採取不同措施，來讓我們得到戰場上的主控權。

戰場上沒有永遠的朋友，也沒有永遠的敵人，所以不管任何措施都應該以利益作為考量，如同《孫子兵法・九地篇》上提到的「合於利而動，不合於利而止」。

曹操雖然最主要的敵人是袁紹，但是呂布也在旁邊虎視眈眈，如果呂布的勢力茁壯，對羽翼未豐的曹操而言，恐怕會形成更大威脅。所以曹操採取「遠交近攻」的策略，讓袁紹攻擊公孫瓚，再聯合劉備攻擊呂布。雖然因為使者被陳宮擒捉而洩露機密，沒有造成呂布立即而明顯的損害，但是卻破壞了呂布、劉備之間長久的依存關係，所以策略仍然是成功的。

——第23計——遠交近攻——之3——

曹操發文聯吳共伐劉備，孔明舌戰群儒計激孫權

《三國演義》第四十二回，劉琮投降，曹操奪得荊襄之地後，安撫荊州居民，讓荊州動亂迅速安定。然後，曹操聚集眾人商議。

曹操說：「現在劉備已到江夏，如果聯合東吳，力量就更茁壯。有什麼好方法可以消滅劉備呢？」

荀攸回答：「現在我軍兵勢強盛，只要派遣使節到江東發檄文，請孫權會師於江夏，共同消滅劉備，平分荊州，永遠結為盟友。孫權一方面害怕我軍強大兵勢，一方面可以得到利益，一定會答應，只要與孫權聯合，劉備就岌岌可危了。」

曹操採納荀攸的意見，一方面派遣使者送檄文到東吳；另一方面整頓兵馬八十三萬人，偽稱百萬雄兵，沿江而來。

劉表死後，孫權派魯肅到江夏弔喪，而後孔明隨魯肅回江東見孫權。

魯肅回到江東，曹操的檄文已經送到孫權手上。孫權請文武百官商議。許多文官都認為曹操兵勢強盛，勸孫權投降，以保全江東六郡，只有魯肅不以為然。魯肅特別向孫權推薦孔明，建議孫權會見孔明，以了解曹操兵力虛實。孫權想試探孔明的能力，故意讓文武百官問難於孔明。

第二天，魯肅帶領孔明到議事廳，張昭、顧雍、虞翻、步騭等東吳文武官員已等候多時。眾人一一開始以言語諷刺、責難孔明。孔明絲毫不畏懼，演出舌戰群儒的精彩一幕，東吳的官員不但未佔便宜，反而讓孔明諷刺的滿臉羞慚、低頭不語。最後魯肅引孔明到內堂見孫權，途中魯肅特別叮嚀孔明：「要強調曹操兵馬不多，不足為懼。」孔明點頭暗許。

來到內堂，孫權下階相迎。孔明看孫權碧眼紫鬚，相貌堂堂，認為依他的個性只能用激將法，而不能用一般的方法說服。

孫權問：「曹操現在約有多少兵馬？」

孔明回答：「保守估計約有百萬兵馬、足智多謀的文官，能征善戰的武將不只一、二千人。」

孫權問：「曹操已經平定荊州，還有什麼企圖嗎？」

孔明回答：「現在曹操沿江設寨，準備戰船，目的當然是江東。」

孫權問：「你認為我應不應該與曹操作戰呢？」

孔明回答：「曹操現在大部分的敵人都已經消滅，最近又奪取荊州，威震海內；就算是英雄，也無用武之地。將軍如果能夠率領吳國的居民、士兵與曹操抗衡，應該立即與曹操決裂；如果不能，就趕快依照謀士的建議，向曹操投降、稱臣。像將軍現在表面好像服從曹操，又心懷不軌，做事猶豫不決，恐怕即將面臨災難了。」

孫權說：「如果曹操像你所說的那麼強盛，劉備為什麼不投降呢？」

孔明回答：「以前田橫在楚國滅亡後，寧願退守海島也不投降。何況劉豫州（劉備）是王室的後裔，蓋世的英才，如果不能恢復王室，成就霸業，也是上天的安排，怎麼可能屈居人下呢！」

孫權聽完孔明的回答之後，大怒，進入後堂。

魯肅說：「你怎麼當面頂撞我主公？」

孔明回答：「曹操的百萬雄兵，在我的眼中只是烏合之眾，隨時都可以摧毀。可是孫權不問我，我偏不說。」

魯肅趕快進入後堂告訴孫權，孫權這才轉怒為喜，與魯肅出堂邀請孔明到後堂，設宴款待。

孫權說：「曹操生平所厭惡的人有呂布、劉表、袁術、袁紹、劉備與我。現在群雄大部分已經被曹操消滅了，只剩下劉備與我而已。我決不能獻出東吳的土地，投降曹操。但是劉備最近才兵敗，難道還能抵抗曹操嗎？」

孔明回答：「劉豫州雖然最近作戰失利，但是關羽仍然有精兵萬人，劉琦也有江夏戰士十萬餘人。曹操的兵力雖多，但是遠來疲憊，而且北方人不善水戰。如果將軍能與劉豫州協力同心，一定可以擊敗曹操，曹操一旦失敗就會退回北方，天下局勢就會形成三足鼎立，未來東吳要雄霸一方或投降，就看將軍今日的決定了。」

孫權於是下定決心聯合劉備對抗曹操。

【說計解謀】

「遠攻近攻」最主要的意旨是聯合次要的敵人，攻擊主要的敵人，所以最重要的一點必須讓想聯合的敵人去除疑慮，如果我們想聯合的敵人心生疑懼，擔心他成為下一個目標，那麼「遠交近攻」的策略就不可能成功了。

曹操奪取荊州之後，一方面以強大的軍勢向東吳展現實力，一方面以「遠交近攻」的方式，派使者送檄文給孫權，願與孫權結為盟友，共同討伐劉備。當時孫權如果與曹操結盟，劉備一定會滅亡。但是諸葛亮舌戰東吳主和派的文官，還以激將法讓孫權下定決心與劉備結盟而共同對抗曹操。諸葛亮的「三寸不爛之舌」不但破壞了曹操「遠交近攻」的策略，也順利達成西蜀「遠交近攻」的目的，為西蜀未來雄霸一方奠立基礎。

假途伐虢

—第24計—

【計文】

兩大之間，敵脅以從，我假以勢。困，有言不信。

【解說】

對於處在敵人與我方之間的弱小國家，如果敵人以威脅、逼迫的手段對待它時，我方應假借援助的名義，進駐其境內，乘機加以併吞。《易經》上的「困」卦，就是說明處於艱困的情形下，應該沉穩地等待時機，不可慌亂、張揚，讓別人看到自己的窘況，否則會產生危難。

韓馥引狼入室，袁紹鳩佔鵲巢

《三國演義》第七回，袁紹河內駐軍，糧草完全依賴冀州牧韓馥所提供。袁紹的參謀逢紀認為大丈夫有志於天下，豈可靠人接濟糧食？而冀州是一個錢財富足、糧草豐盛的好地方，只要奪取冀州就有雄霸天下的資本。於是建議袁紹，一方面暗中派人送信給公孫瓚，請公孫瓚率領兵馬一起攻打冀州，約定如果得到冀州，就和公孫瓚共同平分冀州的土地、財源。另一方面，又將公孫瓚想要攻打冀州的消息祕密告訴韓馥，韓馥膽小又沒謀略，一定會請袁紹掌管冀州的軍事大權以對付公孫瓚，這樣，就有機會奪取冀州了。袁紹依照逢紀的計畫進行。

公孫瓚看到袁紹的書信後，準備攻打冀州。韓馥知道公孫瓚將攻打冀州的消息，和參謀商議。參謀荀諶認為公孫瓚有龐大的軍力，又有劉備、關公、張飛幫忙，軍容壯盛、氣勢強大，不易抵擋。袁紹智勇過人，麾下有許多參謀勇將，現在又經常受我們資助糧草，如果請袁紹到冀州共同抵禦，才能擊退公孫瓚。

耿武卻持相反意見，認為袁紹現在缺乏糧草，所有的補給都仰賴冀州提供，如果讓袁紹入冀州掌管軍事大權，就好像引誘老虎進入羊群，會招致殺身之禍。韓馥認為袁氏家族是自己以前的老長官，彼此關係深厚，袁紹一定不會奪權。所以就派關純請袁紹前來冀州。

幾天後，袁紹率領兵馬入冀州城，封韓馥為只有虛名而無實權的奮威將軍。奪取冀州所有的軍政大權。韓馥後悔莫及，怕有殺身之禍，最後拋棄妻小，到陳留投靠張邈。

【說計解謀】

《孫子兵法．九變篇》上提到「故將有五危：必死，可殺也；必生，可虜也；忿速，可侮也；廉潔，可辱也；愛民，可煩也。凡此五者，將之過也，用兵之災也。」說明了一個將領有五項最危險的舉動：

1. 如果將領抱著與敵人同歸於盡的必死決心，表示他有勇無謀，可以設下計謀除掉他。
2. 如果將領抱著苟活的心態，表示這種將領貪生怕死，可以輕易擒捉。
3. 如果將領容易生氣，則故意羞辱他來激怒他，讓他採取錯誤的行動。
4. 如果將領喜愛強調廉潔，就故意破壞他的名聲，來侮辱他的人格。
5. 如果將領憐愛人民，則可以侵擾人民讓他疲憊不堪。

凡是有這五項缺失，是將領的最大過錯，也是作戰招致失敗的最大原因。

袁紹知道韓馥貪生怕死，犯了《孫子兵法．九變篇》中的「必生，可虜之」的大忌，故意利用韓馥膽小、怯弱的個性，故意製造公孫瓚進攻的態勢，給韓馥極大的心理壓力，才有機會順利進入冀州城，以「假途伐虢」的計謀奪取冀州的軍政大權。

—第24計—假途伐虢—之2—

周瑜借道取西川，孔明佈餌釣鰲魚

《三國演義》第五十六回，赤壁之戰劉備以「借」為名義，乘機奪佔荊州。等戰事結束後，魯肅向劉備索討荊州，劉備以得到西川再歸還荊州為理由，回絕魯肅的要求。魯肅無計可施，回到柴桑見周瑜。

周瑜說：「子敬你再去向劉備說：『孫、劉兩家已經結成姻親，就是一家人了；如果劉備不忍心奪取西川，東吳願意出力代勞，作為嫁妝，屆時再換回荊州』。」

魯肅說：「西川路途遙遠，不易攻取，都督這個方法恐怕行不通。」

周瑜說：「子敬你真是老實人，我只不過以奪取西川為藉口，等東吳兵馬路過荊州，劉備一定要出城勞軍，屆時再乘機殺掉劉備，奪取荊州。」

魯肅聽完周瑜的計謀大喜，又回到荊州。劉備急忙找孔明商議。

孔明說：「魯肅一定沒有回到江東見孫權，而只到柴桑和周瑜商討計謀。等一下，主公只要看我點頭，就可以答應魯肅的要求。」

魯肅入軍帳見劉備及孔明。

魯肅說：「吳侯稱讚皇叔盛德，於是準備替皇叔攻打西川，作為嫁妝，再來換取荊州。如果東吳的兵馬來到，還請皇叔支援錢糧。」

孔明連忙點頭說：「吳侯真是好心。」

劉備說：「這都是子敬幫忙美言的緣故。」

孔明說：「如果東吳的大軍來到，一定會出城迎接。」

魯肅心中暗喜，辭別劉備回柴桑。

劉備問：「東吳準備攻打西川的用意是什麼啊！」

孔明回答：「周瑜死期將近了，這種『假途伐虢』的計謀，連小孩也騙不了。周瑜想以攻打西川為藉口，等主公出城勞軍的時候，再乘機謀殺主公，奪取荊州。現在正是安排香餌以釣周瑜這條鰲魚的時候了。這次周瑜來到，就算不死，也要元氣大傷了。」

孔明說完，立即吩咐趙雲依計行事。

魯肅回到柴桑告訴周瑜，劉備、孔明已經準備出城勞軍。周瑜聽完大喜，立即率領水、陸五萬大軍向荊州而來。到夏口的時候，有士兵通報西蜀使節麋竺求見。

麋竺說：「主公已經都安排好了，在荊州城外等候都督。」

周瑜說：「這次為你們的事，東吳出兵遠征，勞軍之禮一定要豐富才可以。」

糜竺見了周瑜之後就先回到荊州。

東吳的兵馬到了公安，沒有看到蜀兵迎接，周瑜催促戰船加速前進。離荊州十餘里，江面上靜悄悄，並無人船蹤跡。周瑜心中大疑，要部下停船靠岸。他親自率領甘寧、徐盛、丁奉及三千名精銳士兵來到荊州城下。周瑜命令軍士叫門，城上的蜀兵都拿起刀鎗。

周瑜大驚說：「我替你們主公奪取荊州，你們難道不知道嗎？」

趙雲回答：「孔明軍師早就知道這是都督『假途伐虢』的計謀，命令我們在此嚴加守備。」

周瑜聽完，勒馬回頭，有小兵傳來消息：「關羽從江陵殺來。張飛從秭歸殺來，黃忠從公安殺來，魏延從彝陵小路殺來，四路軍馬都說要捉都督。」周瑜在馬上大叫一聲，箭瘡又再復發，摔下馬來，軍士急忙把他救回船上。

周瑜計謀又被孔明識破，惱羞成怒，決定賭氣攻打西川。孫瑜奉孫權的命令，率兵前來協助。周瑜催促軍士前進，來到巴丘，忽然孔明派人送來書信。信中提醒周瑜，如果興兵遠征西川，曹操會趁江東兵力空虛的時候，發動攻擊，江東恐怕不保。周瑜看完書信長嘆數聲，大叫而死，享年三十六歲。

【說計解謀】

《孫子兵法・九變篇》上提到「是故智者之慮，必雜於利害。雜於利，而務可信也；雜於害，而患可解也。」說明了一個智慧的將領，在思考事情時必須把利害得失都考慮在內，如果已經考慮到有利可圖才值得採取行動；如果先考慮到可能遭到的災禍，那麼才有辦法避免。

周瑜攻打西川，因為路途遙遠、補給困難，加上曹操在北方虎視眈眈、伺機而動，所以根本是一項不可能的任務。所以輕易地讓孔明察覺到周瑜只不過想用「假途伐虢」的方法，以攻打西川換取荊州當作藉口，利用劉備沒有防備的情況下，謀殺劉備，再乘機奪取荊州。

棋高一著的孔明不但識破周瑜的詭計，還命令四路兵馬虛攻，造成周瑜恐慌而箭瘡復發。周瑜在盛怒之餘，決定攻打西川，孔明又派人送來書信，提醒周瑜防範曹操，勸周瑜在衝動之餘，要考慮到《孫子兵法．九變篇》中的「雜於害，而患可解」，只要曹操這個禍患存在，東吳準備攻打西川可能遭到的危害，根本無法可解。孔明識穿周瑜心中每一個意圖及疑慮，最後讓自負甚高的周瑜在意氣風發的英年鬱鬱而亡。

第25計

偷樑換柱

【計文】

頻更其陣，抽其勁旅，待其自敗，而後乘之。曳其輪也。

【解說】

對於以利益為基礎而合作的盟友，經常變換他的陣勢，再暗中抽調他的精銳主力；等待對方破敗時，立刻乘機奪取他的資源，掌握全盤局勢。就像是只要控制車輪，就可以導引車子行進的方向一樣。

陳登巧舌奪蕭關，呂布失城走下邳

《三國演義》第十九回，曹操聯合劉備共同攻擊呂布。曹操派哨兵打聽呂布的消息，得知呂布與臧霸、陳宮勾結泰山流寇，共同攻打兗州，即命令曹仁率領三千名士兵攻打沛城。曹操親提大軍，與劉備擊敗泰山流寇，追趕來到蕭關。

當時呂布已經回到徐州，準備與陳登前去救援小沛，便命令陳珪防守徐州。出發之前，陳珪暗中與兒子陳登商議。

陳珪說：「不要忘記曹操以前的託付，現在呂布即將敗亡，正是一個好機會！」

陳登回答：「徐州城以外的事，孩兒自己會想辦法；如果呂布戰敗奔回徐州，父親請和糜竺一同守城，千萬不可讓呂布進城，孩兒自然有脫身的方法。」

陳珪說：「呂布的家眷都在徐州，有許多耳目通風報信，該怎麼辦？」

陳登回答：「孩兒已經有妙計了。」

陳登入城面見呂布，向呂布建議說：「徐州現在四面受敵，曹操一定會奮力攻城。為了預先謀求退路，可先將錢糧移到下邳城，萬一徐州被包圍，下邳還有糧食可以支援。」

呂布回答：「元龍（陳登的字）真是設想周到。」

於是呂布命令宋憲、魏續，保護家眷與錢糧，移防到下邳去。呂布則親自與陳登率兵救援蕭關。來到半路，陳登以打探曹操虛實為藉口，請呂布紮營休息，陳登自己先到蕭關見陳宮。

陳登說：「溫侯（呂布）認為你們不肯奮力殺敵，要來責罰了。」

陳宮回答：「現在曹操兵勢強盛，不可輕易攻擊，應該緊守關隘。你回去告訴主公對於沛城要加強防備，才是最好的方法。」

陳登假裝同意陳宮的看法。到了晚上，陳登上關看見曹兵已經到了關下，偷偷將信件拴在箭上，射到曹兵陣中。第二天辭別陳宮，快馬加鞭回去見呂布。

陳登說：「孫觀等賊寇都想獻關投降，我已經請陳宮加強防守，將軍可以在黃昏的時候，率兵攻擊，接應陳宮。」

呂布就命令陳登回到蕭關與陳宮約定，舉火作為攻擊信號。陳登連忙回到蕭關。

陳登告訴陳宮：「曹操的兵馬已經從小路殺到徐州，你趕快率兵回去救援。」

陳登在陳宮離開後就放火作為信號。曹操看見信號，立刻率領兵馬攻擊空虛的蕭關。孫觀看情勢不對棄關逃走，陳登開門迎接曹操入關。黑夜中，呂布與陳宮的兵馬無法辨識，混戰到天明才知道是自家人，呂布與陳宮急忙趕回徐州，城上亂箭射下。

糜竺大喝：「我已經殺了陳珪，佔據徐州準備歸還主公劉備，怎麼會放你入城。」

呂布回頭尋找陳登，卻遍尋不著。

陳宮說：「將軍到現在的地步，難道還相信陳登那個諂媚的奸賊嗎？」

陳宮勸呂布趕快支援小沛，兩人率兵走到半路，遇見高順、張遼。

張遼說：「陳登派人傳達消息，說主公在徐州被圍，命令我們趕來救援。」

陳宮說：「這又是陳登的詭計。」

呂布等人急忙趕到小沛，曹仁已經乘虛與陳登奪取小沛了。呂布大怒，準備攻城，背後張飛、關羽率兵趕來，呂布等人只好奔向下邳城。

【說計解謀】

《孫子兵法・用間篇》上提到「內間者，因其官人而用之」說明了當敵人陣營中有不稱職、不得志或想另謀發展的官員，正是我們可以運用掌握作為間諜的對象。

陳宮深得呂布信任，但是陳珪、陳宮父子一直認為呂布不是一個英雄人物，將來不可能有發展，於是暗中投靠曹操作為曹操在呂布陣營中的內應。

當曹操攻擊呂布時，陳宮以「偷樑換柱」的方法，憑著三寸不爛之舌，頻頻更動呂布陣營的部署，讓所有的精銳兵力都離開原來防守的城池。一夜之間，配合曹操的兵馬，不費吹灰之力奪取蕭關、徐州、小沛三座城池，使得呂布喪失所有的根據地，最後只好率領殘兵奔走下邳城。

糧中裝柴姜維欺敵，丟盔棄馬鄧艾逃命

《三國演義》第一百一十四回，司馬昭殺了曹髦改立曹奐為帝。姜維以討伐司馬昭弒君的罪名，率領十五萬兵馬殺向祁山而來。

當時鄧艾正在祁山魏寨訓練兵馬，參軍王瓘自告奮勇，願意率領五千名魏兵詐降作為內應。鄧艾於是撥五千名士兵給王瓘，王瓘率兵連夜奔向斜谷。

哨兵通報姜維，王瓘率兵投降。姜維接見王瓘。

王瓘說：「我是王經的姪兒，最近司馬昭犯了弒君之罪，並將叔父滿門抄斬，我特別率領五千人前來投降，助將軍一臂之力，為叔父報仇雪恨。」

姜維故意裝作大喜說：「你既然真心投降，我當然也會真心對待，現在軍中正缺乏糧食，要勞煩你從川口運糧到祁山。」

王瓘以為姜維中計，心中大喜，欣然受命。

姜維又說：「你去運糧，只要三千人就足夠了，留下兩千人帶路攻打祁山。」

王瓘怕姜維懷疑，只好留下兩千人聽候姜維差遣，自己率領三千人到川口。

夏侯霸問：「都督為何這麼輕易相信王瓘？我從前在曹魏，從未聽過王瓘是王經的姪兒，請小心提防有詐。」

姜維回答：「我早就看出王瓘的計謀，司馬昭殺了王經，怎麼還會讓他的姪兒在外率領兵馬？現在佯裝相信，目的是分散王瓘的兵力，再將計就計進行。」

姜維暗中派人在小路埋伏，沒有幾天果然從通風報信的小兵身上，搜到王瓘送給鄧艾的書信，信上約定八月二十日會從山谷小路送糧食到魏寨，請鄧艾率領兵馬在壜山谷中接應。姜維將信中約定的日期從原來八月二十日改為八月十五日，一方面派人假扮成魏兵，送信給鄧艾，另一方面將原有數百輛糧車中的糧草換成乾柴、茅草，再以青布覆蓋，命令傅僉率領投降的兩千名魏兵，偽裝成運糧的士兵，運送糧車。姜維與夏侯霸各率領一支兵馬到山谷中埋伏。

鄧艾看到了王瓘的書信，大為欣喜，八月十五日即率領五萬精兵到壜山谷中，遠遠望去，看見魏兵運送無數糧草依序而行。山谷凹凸起伏，鄧艾怕有伏兵，留在原地等候。突然有人騎馬過來稟報：「王將軍運糧過界，背後已有蜀兵追擊，希望將軍趕快率兵救援。」鄧艾聽完，急忙率領兵馬前往支援。山後喊聲四起，鄧艾以為是王瓘率兵廝殺，急忙奔來，只見蜀將傅僉率兵攔住去路，鄧艾大驚，回頭就走。車上糧草一起著火，埋伏的蜀兵乘勢殺出，嚇得鄧艾丟盔棄甲，夾雜在混亂的魏兵中翻山越嶺脫逃。姜維率兵追殺一陣之後回頭準備捉拿王瓘。

王瓘已經準備妥當，等待八月二十日運糧到魏寨。忽然有心腹士兵傳來事情已經洩漏，鄧將軍遭到伏擊的消息。王瓘大驚，看見前頭塵土飛揚，許多蜀兵殺來。王瓘命令士兵放火燒糧車，從西面殺出。背後姜維率兵追趕。姜維以為王瓘會逃命回魏寨，沒有料到王瓘卻殺向漢中。王瓘兵少，怕被追兵追上，沿路將關隘、棧道都燒毀。姜維怕漢中遭到突襲，放棄追擊鄧艾，連夜從小路追殺王瓘。王瓘最後投江自殺。鄧艾與敗兵殘將逃回祁山寨。姜維雖然得勝，卻損失許多糧草，棧道又被燒毀，只好率兵回到漢中。

【說計解謀】

《孫子兵法・虛實篇》上提到「攻而必取者，攻其所不守也；守而必固者，守其所不攻也。」說明了最好的攻擊方式，是攻擊敵人沒有防守的要害；最堅固的防守方式，則是讓敵人無法進攻。

姜維使用「偷樑換柱」的方法，首先削弱王瓘的兵力，再塗改王瓘約定鄧艾舉事的日期，讓鄧艾一步步走入陷阱。鄧艾在壇山谷看見魏兵運糧，雖然認為姜維中計而心中大喜，仍然怕有埋伏而留在原地等候，直到傳來王瓘軍糧過界，遭到蜀兵追擊的消息，才率兵前往支援，卻沒想到自投羅網，遭到姜維的截擊，幾乎全軍覆沒。

姜維這次「偷樑換柱」的計謀，雖然算得上成功，可惜對王瓘未能先採取防範措失，而且主觀地認為王瓘只會殺回營寨，沒有預防到因為運糧緣故比較靠近漢中，王瓘可能會奔向漢中的舉動，對於漢中方面完全沒有設防，違背了《孫子兵法・虛實篇》中「攻而必取者，攻其所不守也；守而必固者，守其所不攻也。」的法則，才讓王瓘有機會燒毀糧草、棧道，使得蜀兵徒勞無功地退回漢中。

—第26計—

指桑罵槐

【計文】

大凌小者，警而誘之，剛中而應，行險而順。

【解說】

對於弱小又不服從的敵人，可以絕對優勢的力量，故意製造錯誤，借題發揮，責備別人的過失，來觀察敵人的反應，再乘機警告，誘導敵人聽從我方的差遣。適當地運用強勢力量，敵人迫於情勢也會呼應；巧妙地運用險詐，敵人在無法可想的情況下就會順從。

聚眾官獻帝田獵，呼萬歲曹操受迎

《三國演義》第二十回，議郎趙彥上奏章彈劾曹操，沒有獻帝旨意就私自妄加大臣的罪名，並予謀害。曹操得到消息之後大怒，立即誅殺趙彥。朝廷百官人人自危，曹操的謀士程昱面稟曹操。

程昱說：「現在明公威名日盛，為什麼不乘機奪權，自立為王？」

曹操回答：「現在朝廷漢朝的舊臣仍然很多，不可輕舉妄動。改天我請天子打獵，再觀察百官的動靜。」

曹操準備弓箭、良馬、獵犬，並在許昌城外部署兵力，再請獻帝打獵。

獻帝說：「打獵恐怕不是君臣應該做的正事。」

曹操回答：「古代帝王，都藉打獵向諸侯展示武力。現在戰亂不斷，正應該以打獵強調武藝的重要性。」

獻帝懼於曹操的威勢，不敢不從，只好帶寶雕弓，金鈚箭，大擺鑾駕隨曹操出城。劉備與關羽、張飛也全副武裝，率領十餘人跟隨獻帝到城外。曹操與獻帝騎馬並行，只相差一個馬頭的距離，背後都是曹操的心腹侍衛，文武百官只能遠遠跟隨，誰也不敢靠近。

獻帝說：「我今天想看皇叔（劉備）打獵的本領。」

劉備受命上馬，見草中有一隻兔子躍起，一箭射出，正中野兔，獻帝喝采鼓勵。繞過土坡，忽見荊棘中跑出一隻大鹿，獻帝連射三箭，都不中，回頭對曹操說：「卿射鹿。」

曹操向獻帝索討寶雕弓、金鈚箭，一箭射出，正中鹿背，大鹿應聲倒地。文武百官看見背上的金鈚箭，都以為是獻帝射中大鹿，爭相向獻帝大呼萬歲。曹操立即騎馬擋在獻帝之前，接受百官的稱誦。文武百官看到這種情形，都大驚失色。關羽大怒，豎眉睜眼，準備提刀斬殺曹操，劉備急忙以手勢制止。

劉備向曹操稱賀：「丞相真是神射手，世間少見。」

曹操回答：「這都是天子的洪福啊！」

曹操說完回頭向獻帝稱賀，但是寶雕弓卻不歸還，反而自己帶在身上。

打獵完畢，大宴慶功，獻帝回駕許都。眾人各自歸營休息。

關羽問：「曹操欺君罔上，我想殺他為國除害，兄長為什麼制止我？」

劉備回答：「曹操和天子相距甚近，萬一誤傷了天子，我們反而會因此受罪。」

獻帝回宮之後，以衣帶詔請國舅董承發難，董承聯絡王子服、种輯、吳碩、馬騰、劉備計畫剷除曹操，馬騰回西涼率領兵馬作為外援，劉備以討伐袁術為名，率兵到徐州，脫離曹操的掌握。最後因為機密外洩，曹操將董承等五人的家族共七百餘人全部處斬，再誅殺董貴妃母子，質問獻帝「衣帶詔」之事，獻帝十分恐懼無法回答。從此之後，獻帝及文武百官都懼怕曹操，朝廷一切大權掌握在曹操手上，無人敢再與曹操為敵。

【說計解謀】

「指桑罵槐」的要旨是「大凌小者，警而誘之」是指擁有絕對優勢的情況下，利用一些小事情來試探別人，藉以達到觀察別人反應或警告別人的目的，也就是說施展「指桑罵槐」的前提是必須掌握絕對的優勢，否則反而會招致禍害。

曹操打獵時強討獻帝的寶雕弓、金鈚箭，射中大鹿，又擋在獻帝之前，接受文武百官的稱誦，藉以觀察眾人的反應，激怒獻帝及董承、馬騰等人，讓敵人不滿的情緒在沒有萬全的準備之下，就完全暴露，最後順利剷除董承等五人家族，並藉以警告獻帝及其他文武百官，從此不敢再有任何反對曹操的行為。曹操這次「指桑罵槐」的舉動，不但達到了剷除異己的目的，更加倍鞏固自己的政權及威勢。

〔第26計〕指桑罵槐〔之2〕

曹洪處斬符寶郎，獻帝退位受禪台

《三國演義》第八十回，建安二十五年（後改為延康元年）八月，傳說石邑縣有鳳凰來儀，臨淄城有麒麟出現，鄴城有黃龍顯身。於是李伏、許芝、華歆等文武官僚假借麒麟降生、鳳凰來儀等現象，直入內殿奏請漢獻帝，說明漢朝氣數將盡，魏國代而興起，請獻帝禪位魏王曹丕。獻帝聽完大哭，進入後宮，文武百官大都嘲笑獻帝無能而退朝。

第二天，文武百官又聚集在大殿，命宦官迎請獻帝。獻帝非常恐懼，不敢出宮。曹洪、曹休強力脅迫獻帝上朝。獻帝被逼，只好更衣到金鑾殿上。

華歆說：「陛下應該依照昨日的奏章行事，以免遭到禍患。」

獻帝痛哭說：「各位大臣都是食用漢朝俸祿，其中也有許多是漢朝功臣子孫，為什麼忍心作這種忤逆的事呢？」

華歆說：「陛下如果不採納我們的建議，恐怕馬上會有禍患，不要責怪臣子不忠啊！」

獻帝說：「誰敢殺我！」

華歆大聲說：「天下的百姓，都知道陛下無能，才導致天下大亂。如果不是魏王擁護陛下，殺陛下的何止一人？陛下還不懂得知恩圖報，難道想讓天下人一起討伐陛下嗎？」

獻帝大驚，準備奔回後宮，華歆急忙躍起，扯住龍袍，疾言厲色說：「到底答不答應，趕快做個交代。」獻帝嚇得發抖而無法回答。

曹洪、曹休拔劍大聲說：「符寶郎在那裡？」

祖弼回答：「符寶郎在這裡。」

曹洪向祖弼索討玉璽。

祖弼大聲叱責：「玉璽是天子專用的寶物，怎麼可以交給你？」

曹洪大怒，命令武士將祖弼推出殿外斬首，再奪取玉璽。獻帝嚇得不停發抖，看見階下魏兵數百人披甲持槍。

獻帝說：「我願意將天下禪讓給魏王，只要留下生命，安享天年。」

賈詡勸獻帝趕快下詔，以安撫百官。獻帝只好命令陳群擬定禪讓詔書，讓華歆捧玉璽詔書到魏王宮。曹丕大喜準備接受詔書、玉璽。

司馬懿說：「不可以輕易接受，應該上表謙讓，以免天下百姓毀謗。」

曹丕採納司馬懿的建議，上表謙讓。獻帝看到曹丕的奏章，非常驚疑，不知所措。

華歆說：「當初魏武王受爵的時候，也是三次辭讓，最後才接受，現在陛下應該再下詔書，魏王一定會接受。」

獻帝不得已，只好命令桓階擬定詔書，派遣張音捧著詔書、玉璽再到魏王宮。

曹丕告訴賈詡：「雖然已經有二次詔書，但是恐怕天下百姓仍然會懷疑我是靠篡逆得來帝位。」

賈詡回答：「應該再一次辭讓，暗中讓華歆建議獻帝建築『受禪台』，選擇吉日良辰，聚集大小公卿，命令天子親自捧玉璽禪讓天下，這樣天下百姓就不會疑慮了。」

曹丕聽完大喜，依照賈詡的建議行事。獻帝看見張音又捧回玉璽、詔書，詢問百官：「魏王又再一次謙讓，該怎麼辦？」

華歆奏曰：「陛下可建受禪台，讓天下百姓都了解陛卜禪讓的美意。」

獻帝只好命人建築「受禪台」，在十月庚午日聚集文武百官，獻帝親自捧玉璽讓位給曹丕，曹丕接受，登上帝位，改延康元年為黃初元年，國號大魏，降旨封獻帝為山陽公，沒有奉詔不得入朝。

【說計解謀】

《孫子兵法・軍爭篇》上提到「懸權而動」也就是說衡量局勢，再採取行動才能夠獲得勝利。

「指桑罵槐」中「大凌小者，警而誘之，剛中而應，行險而順」，其中「大凌小者」的目的是為了剛中而應，也就是說為了威逼敵人同意，我們故意表現出欺凌的手段，讓敵人不得不接受我們的安排。

曹丕因為曹家勢力已經穩固掌握朝政大權，衡量整個局勢都已經在掌控之中，因此故意以「指桑罵槐」的方法，藉由華歆聯絡文武百官，以強勢的手段，脅迫獻帝退位。

獻帝雖然恐懼，但仍採取觀望、僵持的態度。曹洪在金鑾殿前斬殺符寶郎，讓獻帝親眼目睹不服從者的下場，獻帝終於妥協，而高築受禪台，將帝位拱手讓予曹丕，結束漢朝四百年的歷史。

司馬昭設宴舞戲，安樂公樂不思蜀

《三國演義》第一百一十九回，蜀國破滅之後，司馬昭回到洛陽，劉禪也被送到洛陽。

司馬昭責備劉禪說：「你荒淫無道，遠離賢人，導致政治敗壞，應該處死才對。」

劉禪聽完，面如土色，不知該如何回答。

文武百官奏曰：「蜀主既然已經失去國家，還好及早投降，應該寬恕他。」

司馬昭因而封劉禪為安樂公，賜住宅，按月給予所需，僮婢百餘人。劉禪謝恩後回住宅。黃皓禍國殃民，司馬昭命令武士將黃皓押到市曹，凌遲處死，警示眾人。

第二天，劉禪親自到司馬昭府中拜謝。司馬昭設宴款待，先以魏國的音樂、歌舞在堂前演奏，所有的西蜀官員都非常感傷，只有劉禪隨著音樂節奏而面有喜色。司馬昭隨後派蜀人演奏蜀樂，所有的蜀人都傷心落淚，只有劉禪嬉笑如常。司馬昭告訴賈充：「劉禪真是無情，亡國都不會傷痛，就算諸葛亮還在世上，恐怕也無法輔佐，更何況是姜維呢？」

司馬昭問劉禪：「你會想念蜀國嗎？」

劉禪回答：「在這裡很快樂，根本不會想念蜀國。」

一會兒，劉禪起身更衣，郤正跟隨劉禪到後廂。

郤正說：「陛下怎麼回答不思蜀呢？如果司馬公再問，應該哭泣回答：『祖先的墳墓，遠在故鄉蜀地，我的內心悲哀，每天都非常思念。』司馬公一定會放陛下回到蜀國。」

劉禪牢記在心，更衣後再參加酒宴，酒過三巡。

司馬昭又問：「還會想念蜀國嗎？」

劉禪依照郤正所教的話回答，但是卻哭不出眼淚，只好閉上眼睛。

司馬昭說：「這怎麼像是郤正說過的話呢？」

劉禪嚇了一跳，張開眼睛說：「這正是郤正教我的呀！」

司馬昭及魏國官員都哄堂大笑。司馬昭非常喜歡劉禪誠實而無心機，從此之後就不再提防劉禪。

【說計解謀】

「指桑罵槐」中「大凌小者，警而誘之」最主要的要旨是利用絕對的權勢來試探敵人，讓敵人在沒有提防的狀態下，暴露他心裡的真正想法與意圖。

司馬昭擒捉劉禪回國後，還不了解劉禪是否有復國的意志，故意以「指桑罵槐」的方式，先演奏魏國音樂再演奏蜀國音樂，試探劉禪是否會記得亡國之恨，但是劉禪嬉笑如常，完全忘記「亡國」這件事。

小心、謹慎的司馬昭還不放心，為了進一步求證，再命令郤正教導劉禪回答的話語，劉禪果然依照郤正的指示回答，讓司馬昭終於完全釋懷，對劉禪不再疑慮。司馬昭這次運用「指桑罵槐」的手法，非常巧妙，不用剛強的手段，而以陰柔的技巧試探劉禪，了解劉禪是個毫無心機的亡國之君。

—第26計—指桑罵槐—之4—

曹魏篡漢得社稷，大晉循例奪江山

《三國演義》第一百一十九回，司馬昭中風而亡，司馬炎繼任晉王。安葬司馬昭的事情都處理完畢之後，司馬炎召賈充、裴秀入宮詢問。

司馬炎問：「我的父王比曹操如何？」

賈充回答：「曹操雖然功勞很大，但是人民都只有畏懼，而不感恩。曹丕繼位之後，勞役更重，人民都得不到安寧。一直到宣王（司馬懿）、景王（司馬師）屢建大功，對人民施恩佈德，天下才歸心。文王（司馬昭）併吞西蜀，功蓋寰宇，那裡是曹操所能比擬的。」

司馬炎說：「曹丕尚且能繼承漢朝的帝業，我難道不能繼承魏朝的帝業嗎？」

賈充、裴秀立即回答：「殿下正應該仿效曹丕繼任漢朝帝業的方法，再建築受禪台，昭告天下，繼任帝位。」

司馬炎聽完大喜。第二天，司馬炎帶劍入宮，魏帝曹奐連忙下御榻迎接。

司馬炎問：「魏國得到天下，是誰造就的呢？」

曹奐回答：「都是晉王祖先的功勞。」

司馬炎笑笑說：「我看陛下，文不能論道，武不能經邦，為什麼不讓位給有才德的人呢？」

曹奐驚嚇到無法出聲回答。

侍郎張節大喝：「晉王恐怕錯了！當初魏武祖皇帝南征北討才得到天下，現在天子又沒有過失，怎麼能夠輕易地將江山拱手讓人呢！你準備當篡國叛逆的賊寇？」

司馬炎大怒回答：「這個社稷本來是漢朝的江山。曹操挾天子以令諸侯，自立為魏王，篡奪漢朝的天下，從我祖父三代輔佐魏朝，能夠取天下並不是曹家有能力，而是司馬家的功勞。我現在就是替漢朝報仇，才繼任帝位，又有什麼不對？」

司馬炎說完命令武士將張節打死於殿下。曹奐跪拜哭泣求饒。司馬炎起身下殿而去。

曹奐問賈充：「現在該怎麼辦才好？」

賈充回答：「天數已盡，陛下不可逆天行事，應該仿照漢獻帝的先例，重修受禪台，讓位給晉王，才可以保全生命。」

曹奐遵從賈充的建議，由賈充監督修築受禪台。十二月甲子日，曹奐親自捧國璽，在文武百官面前讓位給司馬炎。司馬炎封曹奐為陳留王，改國號大晉。

【說計解謀】

「指桑罵槐」中的「大凌小者，警而誘之」是為了替「剛中而應，行險而順」鋪路，換句話說掌握絕對的權力後，先試探反對勢力的大小，當反對勢力不構成威脅時，立刻翦除一部分反對勢力，就可以輕易地讓其他的反對勢力屈服。

歷史不會回頭，但是相同的戲碼卻一再重演，當初曹丕脅迫獻帝建築受禪台，在文武百官前退位，然後風光稱帝。現在司馬炎也循著相同模式，脅迫曹奐退位，然後稱帝。結束魏國四十五年歷史。只是曹丕「指桑罵槐」的手法是藉華歆執行，司馬炎卻親自執行，更顯得司馬炎的強硬與蠻橫。

—第27計—

假癡不癲

【計文】

寧僞作不知不爲，不僞作假知妄爲。靜不露機，雲雷屯也。

【解說】

在時機未來到的時候，即使心裡明白，也寧可假裝不知道而不行動。絕對不可賣弄聰明，對沒有把握的事輕舉妄動。在等待時機的時候，決不顯露出意圖。就像《易經》的「屯」卦，愈是迅猛激烈的雲雷，愈是不露痕跡地蓄積能量，一旦爆發，猛烈的的威力卻無法阻擋。

邢道榮詐降誆孔明，諸葛亮佯信捉劉賢

《三國演義》第五十二回，劉備奪得荊州、南郡、襄陽之後，率領一萬五千名兵馬，命令張飛為先鋒，趙雲為後衛，劉備、孔明督導中軍，準備攻打零陵。

零陵太守劉度得到劉備攻打的消息，與兒子劉賢商議。劉賢認為劉備雖然有張飛、趙雲等勇將，但是零陵也有猛將邢道榮足以匹敵。劉度於是命令劉賢與邢道榮率領一萬餘名士兵，在零陵城外三十里處設立營寨。

孔明率兵來到寨前，兩軍對陣。孔明坐在一輛四輪車上，頭戴綸巾，身披鶴氅，手執羽扇，一副胸有成竹的樣子。

孔明說：「我就是南陽諸葛孔明，我只是略施小計，曹操的百萬雄兵，就被我殺得片甲不回，你有什麼能耐與我對抗？我現在前來招安你們，還是趕快投降吧！」

邢道榮回答：「赤壁鏖兵，都是周瑜的計謀，你有什麼功勞，還敢在這裡誇口。」

邢道榮說完，拿大斧奔向孔明。軍士急忙將四輪車推回陣中。邢道榮衝殺過來，看見陣中有一簇黃旗，認為一定是孔明，便急急追趕黃旗。繞過山腳，看不見四輪車，卻看到張飛擋住去路。張飛大喝一聲，迎戰邢道榮，交戰不久，邢道榮筋疲力竭，撥馬回頭奔逃。張飛隨後趕來，喊聲大震，兩邊埋伏的士兵一齊殺出，邢道榮正要拚死衝過，面前趙雲攔住。邢道榮看見前有趙雲，後有張飛，又有重重包圍，自己單槍匹馬，一定無法抵擋，只好下馬投降。

趙雲將邢道榮押到大寨，劉備準備斬殺邢道榮，孔明急忙制止。

孔明告訴邢道榮：「你只要幫我捉了劉賢，就准許你投降。」

邢道榮回答：「軍師若放我回寨，我願作為內應，今晚軍師調兵劫寨，一定可以活捉劉賢，那麼劉度自然會投降。」

劉備不相信邢道榮。但是孔明說：「邢將軍看來是真心投降。」劉備只好釋放邢道榮。

邢道榮回營之後告訴劉賢實情，並建議劉賢將計就計，今晚在寨外埋伏士兵，如果孔明來劫寨，再乘機發動攻擊。

當天晚上二更時分，果然有一隊兵馬帶著火把，到劉賢寨外放火。劉賢、邢道榮各率一路埋伏兵馬殺到寨前。放火的士兵急急撤退。劉賢、邢道榮兩路人馬趁勢追趕，追了十餘里卻看不到半個士兵。劉賢、邢道榮大為驚訝，急忙奔回大寨，卻見火光未滅，寨中出現張飛。劉賢、邢道榮急忙回頭，準備劫孔明的營寨，來到半路，趙雲殺出，一鎗刺死邢道榮。劉賢看情勢不妙，轉頭就跑，張飛隨後趕來，活捉劉賢回營，面見孔明。劉賢辯稱一切皆是邢道榮教唆，自己並非有意對抗。

孔明替劉賢鬆綁，賜酒壓驚，派人送劉賢回城。劉賢回零陵之後，向父親劉度敘述劉備、孔明的寬容，於是劉度打開城門投降。

【說計解謀】

「假癡不癲」最主要的意涵是「寧偽作不知不為」表示即使明白真相也要假裝不知道，讓敵人不會提防，然後以迅雷不及掩耳的速度採取行動，讓敵人措手不及。

孔明以「假癡不癲」的方法，佯裝對邢道榮的投降非常相信，答應邢道榮作為內應，利用夜晚劫寨。事實上，孔明早就看穿邢道榮詐降的詭計，所以派遣少數士兵偽裝放火劫寨，引誘劉賢、邢道榮追擊。張飛再乘機奪取營寨，劉賢、邢道榮發現中計時，已經失去退路，只好放手一搏，準備劫孔明營寨，但是趙雲早就埋伏在半路上，輕而易舉刺死邢道榮，活捉劉賢，才能不損一兵一卒得到零陵城。

─第27計─假癡不癲─之2─

崔諒詐降引蜀兵，關興刀落斬楊陵

《三國演義》第九十二回，孔明第一次出兵祁山時，魏軍的安定太守崔諒被孔明誘騙出城，遭到關興、張苞的兵馬團團圍住，不得已而投降。孔明對待崔諒如同上賓。

孔明問：「南安太守與你的交情深厚嗎？」

崔諒回答：「南安太守楊陵是楊阜的弟弟，與我經常來往，交情深厚。」

孔明說：「現在想麻煩你到南安說服楊陵，擒捉夏侯楙，不知道你願不願意？」

崔諒回答：「丞相可以命令兵馬暫時撤退，讓我入城說服楊陵。」

孔明於是命令士兵撤退二十里下寨。崔諒到南安與楊陵見面，詳細說明實情。楊陵再帶領崔諒見夏侯楙，向夏侯楙一一交代事情經過，並提出建議，由楊陵偽裝投降獻城，引誘蜀兵入城，再暗中埋伏襲擊蜀兵。崔諒按照楊陵的計謀行事，出城見孔明。

崔諒說：「楊陵本來想親自捉拿夏侯楙，但是怕親信勇士不多，不敢輕舉妄動。所以準備獻城開門，讓蜀兵入城，擒捉夏侯楙。」

孔明說：「這個方法很好，我派遣關興、張苞偽裝成你原來的士兵，與你一起入城，讓夏侯楙放心。關興、張苞先到夏侯楙的府中埋伏，你暗中約定楊陵，在半夜的時候開門，並且舉火作為信號，我再親自率兵入城，裡應外合，一定可以順利擒捉夏侯楙。」

崔諒心中暗想：「如果不帶蜀兵去，孔明一定會懷疑，那就讓關興、張苞入城，先誘殺兩人，再舉火作為信號，引誘孔明入城。」於是答應了孔明的要求，讓關興、張苞混進安定軍中。崔諒來到南安城下大叫：「安定救援的兵馬來了。」崔諒事先將關興、張苞埋伏的情事寫在信上，拴在箭上射入城中。楊陵看到書信之後，將實情稟報夏侯楙。夏侯楙認為孔明既然中計，只要讓刀斧手在府中埋伏，如果關興、張苞隨崔諒入府，就將府門關閉，斬殺兩人；另一方面到城上舉火為號，引誘孔明入城。所有的事都安排妥當，楊陵回到城上回答：「既然是安定的救援兵馬，趕快入城。」

關興跟在崔諒身邊先行，張苞在後。楊陵到門口迎接。關興不說一語，手起刀落斬殺楊陵。崔諒看到這種情形大吃一驚，騎馬回頭，張苞守在吊橋邊大叫：「賊人這種詭計，丞相早就識穿了。」一槍刺死崔諒。關興到城上舉火為號，四面城外埋伏的蜀兵，一擁而入。夏侯楙措手不及，從南門殺出。王平早在城外等候，順利擒捉夏侯楙。

【說計解謀】

《孫子兵法．用間篇》上提到「凡軍之所欲擊，城之所欲攻……必索敵人之間來間我者，因而利之，導而舍之，故反間可得而用也。因是而知之，故鄉間、內間可得而使也……」說明了要攻擊一個城堡之前，必須先了解這個城堡的內部人事，如果敵人也派出間諜來探查我方內情，我們可以運用利益或其他方法來引導敵方間諜為我方做事，不管是那一種間諜都應該想辦法讓他來替我方傳遞我們想透露的訊息。

孔明早就判斷出崔諒的投降並不是出自真心，但是深諳兵法的孔明，已經把崔諒當成一個死間，讓他來擔任傳達假訊息的工具。所以對崔諒的一番說詞，孔明都故意以「假癡不癲」的方法，讓崔諒、楊陵、夏侯楙等認為他已經中計，會自投羅網成為籠中鳥。

其實孔明早就識破崔諒詐降的詭計，卻不動聲色地佯請崔諒帶領關興、張苞入城埋伏，雖然楊陵、夏侯楙已知關興、張苞二人入城的消息，也暗中在府中埋伏刀斧刀，卻沒有料到關興、張苞掌控入城的關鍵——吊橋，引領蜀兵入城攻擊。夏侯楙在事出突然的情況下，奔走南門，最後還是無法逃脫孔明的掌握而受擒。孔明真是步步佔著「機先」，所以能完全操縱全局。

—第27計—假癡不癲—之3—

司馬懿詐癡奪權，曹昭伯市井受戮

《三國演義》第一百零六回，曹爽（字昭伯）自從建議曹芳封司馬懿為太傅之後，所有的軍政大權都落入曹爽手中，曹爽日日與何晏等飲酒作樂，賓客盈門。司馬懿有名無權，以生病為藉口不出門上朝，司馬師、司馬昭也都賦閒在家。

曹爽與何晏、鄧颺曾經到城外打獵，曹羲與桓範提醒曹爽雖然掌握軍政大權，但是時常外出打獵，如果有人圖謀不軌，將會後悔莫及。曹爽卻認為已經大權在握，所以趾高氣昂，無法接受規勸。

曹爽專權日久，輕忽司馬懿的存在，對司馬懿的近況並不了解。恰好李勝被曹芳封為荊州刺史，曹爽於是讓李勝向司馬懿辭別，藉機打探消息。

李勝來到太傅府中，僕人早已通報司馬懿。

司馬懿告訴司馬師、司馬昭：「李勝這次來訪，一定是曹爽派他來探查我的病情。」

司馬懿於是摘下帽子，披頭散髮，在床上半躺半坐；又命令兩個奴婢攙扶，才請李勝入府。

李勝來到床前請安：「已經很久未見太傅，沒有想到太傅病得這麼嚴重。現在天子派我為荊州刺史，特別來向太傅辭別。」

司馬懿回答：「并州接近北方，你要好好準備啊！」

李勝說：「是荊州刺史，不是并州呀！」

司馬懿笑著回答：「原來你剛從并州回來哦！」

李勝說：「是漢水附近的荊州。」

司馬懿大笑回答：「哦！你是從荊州回來呀！」

李勝說：「太傅怎麼病得這麼嚴重？」

奴婢回答：「太傅已經耳聾了。」

李勝說：「請借紙筆一用。」

奴婢拿紙、筆給李勝，李勝將赴荊州就任的情形寫在紙上，再呈給司馬懿看。

司馬懿看了之後回答：「我真的已經病情嚴重到聽不見了呀！你這次去荊州就任，要多加保重。」

司馬懿說完，以手指著嘴巴，表示口渴。奴婢端湯侍奉，司馬懿將嘴巴靠近碗喝湯，湯汁流滿了衣襟。

司馬懿哽咽地說：「我現在已經年老病重，隨時會死，還有兩個不成材兒子，希望你有機會能教導他們，你如果看見大將軍，請轉告大將軍，千萬要照顧我這兩個小孩。」

司馬懿說完就聲嘶氣喘地倒在床上。李勝拜別司馬懿後，回到曹爽的府中，向曹爽回報司馬懿已經老態龍鍾，病情沉重的風中殘燭景像。曹爽心中大喜，不再提防司馬懿。

司馬懿等到李勝離開之後，起身告訴司馬昭、司馬師：「李勝這次回去向曹爽回報我的情形，曹爽就不會再對我防備，只要等待曹爽出城打獵，就可以計畫行動了。」

沒多久，曹爽請魏帝曹芳到高平陵祭祀先帝，再到城郊打獵。大小官員都跟隨天子出城。

桓範提醒曹爽：「主公掌管禁宮兵馬，不應該兄弟一起出城，如果城中發生變化，後果不堪設想。」

曹爽大怒回答：「誰敢叛亂！不要再亂說話！」

司馬懿看見曹爽及親信人馬都出城，立即號召以前的屬下及司馬師、司馬昭佔據曹爽的府宅，再入後宮稟奏郭太后，曹爽背棄先帝當初託孤的旨意，應該廢官。最後率領兵馬駐紮在洛河旁，派遣許允、陳泰出城告訴曹爽只是要削弱曹爽的兵權，並沒有其他意圖，請曹爽及早回到相府。曹爽最後決定棄官投降，將印綬交給許允、陳泰兩人帶回，再率領數員官僚回城。司馬懿以謀反的罪名在市井斬殺曹爽兄弟及何晏等人，並滅其三族。

【說計解謀】

《孫子兵法．計篇》上提到「兵者，詭道也。故能而示之不能……攻其不備，出其不意，此兵家之勝，不可先傳也。」說明了戰爭本來就是一種詐欺行為，因此精明要裝做糊塗、優點要裝做缺點……引導敵人誤判情勢，然後利用敵人沒有防備的情況下，出其不意的攻擊敵人，這是取得戰爭勝利的奧祕，必須因應客觀的現實情勢調整，不可以事先透露，也無法主觀地按照既定步驟進行。

「假癡不癲」中「寧偽作不知不為，不偽作假知妄為，靜不露機」就是明白揭示出「寧可精明裝做糊塗，也不可糊塗卻裝做精明，在等待時機時，一定不可以露出任何痕跡，讓敵人失去提防之心，跟《孫子兵法．計篇》提到的要旨不謀而合。

司馬懿這次奪權行動的成功原因是建立在「假癡不癲」的基礎上。司馬懿見李勝的那一幕，成功地扮演一位病入膏肓、風中殘燭的老人角色，才能徹底鬆懈曹爽的防備，也才有機會奪權。懦弱無謀的曹爽，只一味地貪生怕死，相信只要放棄權位，仍然可以保有富貴，最後只好落得市井受戮的下場。

第28計

上屋抽梯

【計文】

假之以便，唆之使前，斷其援應，陷之死地。遇毒，位不當也。

【解說】

故意露出破綻或佈下誘餌，引誘敵人到我方預設的陷阱中，再截斷敵人的補給或支援，讓敵方陷入孤立無援的死地中。就像《易經》的「噬嗑」卦中所提到的，貪求不當的利益，必定會有後患。《孫子兵法・勢篇》中所提到：「故善動敵者，形之，敵必從之；予之，敵必取之；以利動之，以卒待之。」就是「上屋抽梯」的最佳寫照。

孔明上樓觀古書，劉琦抽梯問妙計

《三國演義》第三十九回，劉備到荊州投靠劉表，某日，劉備與孔明正在商議大事，劉表的大兒子劉琦忽然來訪，劉備接待劉琦到大廳。

劉琦哭泣說：「繼母對我懷恨在心，我的生命隨時都有危險，希望叔父教我避難的方法。」

劉備回答：「這是賢姪的家務事，怎麼會來問我呢？」

孔明在一旁微笑。

劉備問：「軍師有好方法嗎？」

孔明回答：「這是家務事，我實在不敢有意見啊！」

一會兒，劉備送劉琦出門，低頭小聲告訴劉琦依計而行，劉琦拜謝後離開。

第二天，劉備以腹痛為由，請孔明代為回拜劉琦。孔明來到劉琦宅中，劉琦迎入後堂。

劉琦說：「繼母對我深懷怨恨，希望先生救我。」

孔明回答：「我現在寄居在這裡，怎麼敢參與別人骨肉間的家務事？如果事情洩露，為害不淺。」說完，就起身準備離開。

劉琦說：「先生既然來訪，怎麼可以怠慢。」說完，挽著孔明的手進入密室飲酒。
劉琦又問：「還是希望先生教我避難的方法。」
孔明回答：「這件事我實在不敢幫忙。」說完，又起身準備離開。
劉琦說：「先生不肯教導也無所謂，但是也用不著急著離開呀！」
孔明才又回到座位喝酒。
劉琦說：「我有一本古書，請先生上樓觀看。」於是引領孔明登上閣樓。
到了閣樓，孔明問：「書在那裡啊！」
劉琦哭泣說：「繼母懷恨在心，我隨時有生命危險，先生怎麼忍心見死不救呢?!」
孔明起身準備離開，卻發現樓梯已經撤走。
劉琦說：「我向先生求教，先生害怕洩露而不肯賜教，現在閣樓上只有我和先生兩人，上不至天，下不接地，絕對不會有其他人知道。」
孔明回答：「『疏不間親』，我怎麼敢為公子設下計謀呢！」
劉琦說：「先生最後還是不肯教我，我的性命不保，不如現在就死在先生面前好了。」說完拔劍準備自殺。
孔明連忙制止，回答：「公子難道沒有聽過申生在內而亡，重耳在外而安的故事嗎？現在黃祖剛剛去世，江夏沒人防守，公子何不自告奮勇，領兵駐守江夏，那麼就可以遠離禍害了。」

劉琦大喜，一再拜謝孔明，再命人取梯讓孔明下樓後，恭送孔明離開。

【說計解謀】

「上屋抽梯」中「假之以便，唆之使前」就是表示先把利益放在對方面前，引誘對方，再慫恿對方採取行動。如果少了誘惑，對方就不可能採取行動；當對方看到誘惑還在猶豫不決時，需鼓動對方行動，才能夠達到目的。

劉琦一再向孔明請教避禍的方法，但是孔明怕消息洩露一直不肯幫忙。最後劉琦以古書為誘餌，巧妙運用「上屋抽梯」的方法，終於讓孔明說出計謀。也許足智多謀的孔明，早就識穿劉琦的企圖，只是一再試探劉琦的誠意，如同劉備當初「三顧茅盧」一般。但是不管實情如何，劉琦終於得到孔明的教導，而遠離禍害，保全生命。

——第28計——上屋抽梯——之2——

周瑜受激出狂語，孔明先禮後用兵

《三國演義》第五十一回，赤壁鏖兵之後，東吳大獲全勝，周瑜準備奪取南郡。劉備派遣孫乾送禮向周瑜祝賀，周瑜得到劉備與孔明率領兵馬駐紮在油江口的消息，大吃一驚，請孫乾向劉備回覆會親自登門答謝。

魯肅說：「劉備在油江口駐紮，一定有奪取南郡的意圖，我們花費許多錢糧、兵馬與曹操作戰，劉備居然想奪取現成的利益，那有這麼容易？」

於是周瑜與魯肅率領三千兵馬，直接到油江口。

孫乾回大寨告訴劉備，周瑜將親自登門答謝。

劉備問孔明：「周瑜這次來目的是什麼？」

孔明回答：「周瑜怎麼可能為那些薄禮來答謝，這次一定是為南郡而來。」

劉備問：「周瑜如果率兵前來，該怎麼辦？」

孔明先教劉備對應之辭，然後在油江口擺開戰船，排列兵馬。周瑜來到，看見劉備陣營軍容嚴整，心中忐忑不安。劉備、孔明迎接周瑜到軍帳中，設宴款待，酒過數巡。

周瑜問：「豫州將兵馬駐紮在這裡，莫非有奪取南郡的意圖？」

劉備回答：「我聽說都督想要攻打南郡，特別趕來幫忙。如果都督改變主意，那我就進兵攻打南郡。」

周瑜笑著回答：「我們東吳早就想併吞漢江地帶，現在南郡唾手可得，怎麼會輕易放棄呢?!」

劉備說：「勝敗的事情很難預料，曹操雖然退兵，一定也有奇計，更何況曹操勇猛難當，恐怕都督無法攻取南郡。」

周瑜回答：「我如果無法奪取南郡，你再進軍，我絕對不干涉。」

劉備說：「子敬、孔明在這裡做為證人，都督不要後悔。」

周瑜回答：「大丈夫一言既出，駟馬難追，怎麼會後悔！」

孔明連忙說：「都督這樣說，非常有道理。先讓東吳攻打南郡，如果無法攻下，主公再進軍。」

周瑜與魯肅在酒宴之後，辭別劉備上馬回寨。

劉備問：「剛才先生教我回答的言辭，一經輾轉回想，似乎沒有道理。我現在孤窮一身，正想拿下南郡作為容身之地；如果讓周瑜先攻取了城池，我們就無處可去呀！」

孔明回答：「主公不用憂慮，儘管讓周瑜去找曹仁廝殺，最後我們一定坐收漁翁之利，奪得南郡。」

周瑜回營之後，立即發兵攻打南郡，其中互有勝負。曹仁曾以「關門捉賊」之計引誘周瑜進入南郡城，使得周瑜中箭受重傷。周瑜也以詐死的消息引誘曹仁劫寨，再乘機大敗曹仁。諸葛亮則利用周瑜、曹仁雙方交戰，南郡兵力空虛的時候，以「順手牽羊」的方法，不費一兵一卒輕易奪取南郡。

【說計解謀】

「上屋抽梯」這個計謀是有步驟性的：

1. 假之以便
2. 唆之使前
3. 斷其援應
4. 陷之死地

也就是說第一個步驟是先讓敵人看到利益，讓敵人覺得有利可圖；如果敵人還不肯採取行動就運用第二步驟慫恿敵人趕快採取行動，以免利益落入別人手中；第三個步驟則是切斷敵人的支援管道，讓敵人掉入孤立無援的窘境；最後一個步驟是等待敵人陷入無法翻身的死地，我們再從中奪得利益。

孔明佯裝禮讓東吳，讓周瑜先率兵攻打南郡，當周瑜這隻螳螂，正準備捕蟬——南郡，孔明這隻黃雀，卻早已在後虎視眈眈，乘虛奪取南郡。孔明禮讓周瑜先攻打南郡的意圖，正是靈活運用「上屋抽梯」要旨，誘餌則是曹仁的南郡，最後終於使兵力薄弱的劉備在三國有了根據地。

關羽驕狂取樊城，陸遜謙卑奪荊州

《三國演義》第七十五回，孫權派遣呂蒙奪取荊州，呂蒙來到陸口，得到關羽沿江設置烽火台的消息，大吃一驚，在無計可施的情況下，以生病為藉口，派人回報孫權。陸遜認為呂蒙一定是偽裝生病，孫權因而派遣陸遜探望呂蒙。陸遜連夜來到陸口寨中，看見呂蒙果然面無病容。

陸遜說：「我奉吳侯的命令特別來探望子明（呂蒙的字）。」

呂蒙回答：「只是一些小毛病，何必勞煩你前來探問？」

陸遜說：「吳侯將重責大任託付將軍，將軍不乘機採取行動，卻鬱鬱寡歡，究竟為什麼？我有一個祕方，也許可以治好將軍的病。」

呂蒙回答：「伯言（陸遜的字）的好方法，趕快教我吧！」

陸遜笑著說：「子明的疾病，是因為荊州兵馬嚴整，沿江又有烽火台傳遞訊號所造成的吧！關羽這個人目空一切，自認為英雄無敵，只會對將軍特別防備。將軍可假借生病為由辭職，將陸口的守備責任讓給別人，繼任者只要謙卑地讚美、奉承關羽，他一定會更加驕傲而撤除荊州兵馬，全力攻擊樊城。荊州的兵力空虛，只要以少數的兵馬配合計謀，就可以輕易奪下它了。」

於是呂蒙以生病為藉口，上書辭職，孫權下詔讓呂蒙回建業養病。呂蒙認為陸口的重責大任如果派遣名將守備，關羽仍然會嚴加防備，建議孫權任用謀略深遠，但未有名氣的陸遜擔任，關羽才會疏於防範。孫權立刻封陸遜為偏將軍右都督，代替呂蒙駐守陸口。陸遜連夜趕到陸口，點交軍馬，並且立刻寫信，準備名馬、綢緞、酒食等厚禮，派遣使者到樊城見關羽。

關羽攻打樊城的時候，被曹仁的毒箭射中右臂，現在正在大寨養傷。忽然有人回報，說陸口守將呂蒙病危，已經回到建業養病，孫權派遣陸遜為將代替呂蒙，現在陸遜派遣使者前來問候。

關羽向使者說：「孫權真是見識短淺，居然任命無名小子為陸口將軍。」

使者伏地回答：「陸將軍致上書信，準備禮物，一來向君侯祝賀，二來希望兩家能夠和好。」

關羽拆開書信，信中言辭極為謙卑，關羽看完，仰天大笑，收了禮物，讓使者回陸口。使者告訴陸遜，關羽已經不再憂慮江東了。陸遜大喜，派人注意荊州兵馬的動靜。不久，關羽果然撤走大部分的荊州兵馬到樊城，準備全力攻擊樊城。

陸遜於是聯絡呂蒙，利用荊州兵力薄弱的時候，發動突擊，輕易奪取荊州。關羽無法立即攻取樊城，荊州又失守，最後被呂蒙擒捉。

【說計解謀】

《孫子兵法・計篇》上提到「卑而驕之」說明了在敵人面前刻意表現謙卑，是讓敵人驕傲狂大的最好方式。《孫子兵法・行軍篇》上提到「無約而請和者，謀也」也說明了敵人無緣無故以謙卑的態度來表達善意，故意向我們示好，請求我們原諒、寬容，表示其中有詐，敵人一定準備對我們採取行動，我們要小心提防。

陸遜這次「上屋抽梯」的計謀，應用得非常巧妙。初試啼聲的陸遜，先以《孫子兵法・計篇》中「卑而驕之」的方法，以謙虛卑下的態度，向狂妄驕矜的關羽祝賀、求和，讓一向以英雄自居的關羽更加自大，完全忽略兵法中「無約而請和者，謀也」的要義。關羽認為黃口孺子的陸遜，不會有什麼作為，便撤走荊州兵馬，不對東吳防備，最後失去根據地荊州。一代猛將關羽在前無法攻城，後失卻退路的情況下，遭到受擒喪命的下場。

樹上開花

——第29計——

【計文】

借局佈勢，力小勢大。鴻漸於陸，其羽可用爲儀也。

【解說】

利用客觀強盛的局面，造成對我方有利的態勢；雖然我方實際的實力弱小，但別人卻感覺到氣勢宏大。原本對人無用的大鵬鳥，只要應用得當，就可以牠亮麗的羽毛，增添我們的威儀、尊貴的象徵，讓別人對我們更加崇敬。

獻帝受制移許都，曹操掌權令諸侯

《三國演義》第十四回，董卓被呂布刺死之後，東漢局勢紛亂不堪，李傕、郭汜、樊稠、張濟乘機造反，洛陽城宮室頹毀，街市荒蕪，滿目瘡痍，太尉楊彪建議獻帝，召請在山東據守的曹操入朝，輔佐王室。獻帝無法控制洛陽城紛亂的局勢，於是依照楊彪的建議，宣召曹操入朝，匡扶王室。

曹操當時正在山東整頓兵馬，使節奉獻帝的命令宣召曹操入朝。荀彧向曹操建議：「以前漢高祖為義帝舉發喪事，於是天下百姓歸心，最後才能成就大事，現在獻帝遭遇危難，應該利用這個時機興義兵，擁戴天子，使民心歸附，這個擴張實力的好機會，要即時掌握，千萬不可讓別人奪得先機了。」曹操立即率領兵馬，進軍洛陽。

獻帝在洛陽，忽然有人回報說，李傕、郭汜率領兵馬前來攻擊。獻帝驚懼不已，董承建議獻帝到山東避難。於是獻帝即率領百官往山東方向撤退。出了洛陽城，就看到前頭塵土沖天，鑼鼓喧揚，使者帶領夏侯惇及先鋒兵馬面見獻帝，獻帝才逐漸安心。而後曹洪、李典、樂進也率領步兵趕來支援。忽然李傕、郭汜率兵發動攻擊，夏侯惇與曹洪兵分兩路迎戰，李傕、郭汜大敗而退。夏侯惇駐紮在洛陽城外防備，請獻帝回洛陽原來的宮室暫居。

第二天，曹操率領大軍前來，設立營寨之後，入洛陽城面見獻帝。獻帝冊封曹操為司徒校尉、假節鉞，掌管尚書事。李傕、郭汜知道曹操遠道而來，想要速戰速決，便率領大軍迎戰曹操。兩軍對陣，曹操兵分三路，左軍由夏侯惇率領，右軍由曹仁率領，曹操本人率領中軍，三路兵馬分頭並進。李傕、郭汜的兵馬無法抵擋精銳的曹軍，大敗而逃。李傕、郭汜也都逃到山中，落草為寇。曹操得勝之後仍然駐紮在洛陽城外。楊奉、韓暹認為曹操即將掌握大權，怕曹操迫害，以追殺李傕、郭汜為名，奏請獻帝，各自率領兵馬到大梁駐紮。

荀彧向曹操建議：「漢朝是以火德興旺，而將軍乃是土命，許昌屬土，火能生土，到許昌一定能興旺。」董昭也建議曹操：「將軍率領義軍平息暴亂，入朝輔佐天子，就如同當初的春秋五霸。但是現在局勢紛亂，各將領都心懷異志，不一定會完全服從，如果還留在洛陽，恐怕會有變化，只有請獻帝移駕許昌，才能完全掌握全局。」

曹操採納董昭、荀彧的意見。第二天，以洛陽已經荒廢不堪，而且糧草運送困難等理由，奏請獻帝移駕許昌。獻帝懼怕曹操的威勢，不敢不從，所有的朝廷重臣也都畏懼曹操，不敢提出異議。於是獻帝移駕許昌，百官隨行。

【說計解謀】

《孫子兵法．計篇》上提到「兵者，國之大事，死生之地，存亡之道，不可不察也。故經之以五事，校之以七計，而索其情：一曰道、二曰天、三曰地、四曰將、五曰法。道者，令民與上同意者也……」說明了「道」是戰爭的首要考量要件。

什麼是「道」？道，簡單的說就是讓人民跟我們的意志一樣，也就是說我們跟人民站在同一邊或者人民選擇跟我們站在同一邊。如何讓人民選擇跟我們站在同一邊呢？必須掌握「民心」，了解人民的取向，讓所以的戰爭行動都「師出有名」。

「樹上開花」的要旨是「借局佈勢，力小勢大」，說明了從現實的環境中找出對我們最有利的角度展開佈局，即使在開始時我們的力量薄弱，也可以藉著有利局勢來擴展我們的勢力。

曹操採納荀彧的建議，脅迫獻帝移駕許昌，使政治重心都轉移到許昌。假借獻帝的虛名，發佈命令，藉機擴張實權，使得曹操日後所有的行動都「師出有名」，政治勢力及版圖迅速擴張。這一次曹操「挾天子以令諸侯」的「樹上開花」手法，發揮了莫大的功效。

一第29計一樹上開花一之2一

借局佈勢伏蜀兵，樹上開花退魏軍

《三國演義》第九十五回，諸葛亮以空城計故佈疑陣，嚇退司馬懿的十五萬兵馬之後，孔明判斷司馬懿會從武功山小路逃走，所以預先派遣關興、張苞在小路上埋伏，等候魏軍。

司馬懿果然從武功山小路撤退，忽然山坡後喊聲連天，鼓聲震地。司馬懿回頭告訴司馬師、司馬昭：「我的判斷很正確，如果不撤退，一定又中了諸葛亮的詭計。」

只看見大路上有一隊蜀軍張著「右護衛使虎翼將軍張苞」的旗幟衝殺過來。魏軍受司馬懿的影響，都恐懼地棄甲拋戈拚命脫逃。走不了多久，山谷中喊聲震地、鑼鼓喧天，遠遠望去有一面寫著「左護衛使龍驤將軍關興」的大旗。山谷中喊聲不絕，回音不斷，根本無法判斷蜀兵有多少人馬。而且魏軍都心存疑懼，不敢停留，只好拋棄軍械、補給而逃。關興、張苞兩人遵照孔明的吩咐，不敢追擊，拾得許多魏軍留下的軍械、補給退回漢中。

【說計解謀】

《孫子兵法・勢篇》上提到「故善動敵者，形之，敵必從之。」說明了擅於掌控敵人的人，可以塑造形勢，讓敵人不得不隨之起舞。也明白顯示出「形勢」是可以「營造」的，而「樹上開花」正是「營造形勢」的一種手段。

有那些因素可以營造出對我方有利的形勢？可以是民心向背、兵員充足、補給充裕、地形優勢……當然也可以是敵人的「恐懼心理」。

孔明在「空城計」後，又利用司馬懿及魏軍恐懼的心理，派遣關興、張苞各率領三千兵馬在武功山小路埋伏。魏軍在心存驚懼的情況下，已經無法正常作戰。蜀軍又在山谷中大聲吶喊，造成回音不斷、聲勢浩大的錯覺，使得撤退的魏軍如同喪家之犬，疲於奔命。

孔明這次「樹上開花」的計謀，讓謹慎的司馬懿找不到片刻的時間思量。如果沒有關興、張苞這兩支伏軍造成追擊的假象，機警的司馬懿有機會冷靜下來，也許會回頭追擊孔明的蜀軍。結果孔明運用計謀得當，不但使蜀兵安全退回漢中，還平白添了大批軍械、補給的戰利品。

—第29計—樹上開花—之3—

眞諸葛病逝五丈原，死木人嚇退司馬懿

《三國演義》第一百零四回，孔明病危，企圖以祈禳上天的方法延壽十二年，不料被魏延無意踩滅主命燈而失敗。孔明知道自己即將去世，囑咐楊儀不可發佈喪事，將屍體坐在龕中，將七粒米放入口中，腳下點燃一盞明燈，這樣在天空中的將星就不會墜落。司馬懿看到將星沒有墜落，內心一定驚疑，不敢率領魏軍追趕。我軍撤退時要一營一營緩緩而退，如果司馬懿前來追趕，讓姜維佈陣，再將先前刻好的木像裝在車上，命令軍士分列左右，慢慢推出，司馬懿看到一定會驚慌而逃。

當天晚上孔明奄然歸天，姜維、楊儀依照孔明的遺命，不敢發哀舉喪，將孔明的屍體裝在龕中，命令各營人馬緩緩退兵。

司馬懿當天夜晚觀看天象，看見一顆將星從東北方滑向西南方，墜落於軍營內，司馬懿大為驚喜，認為孔明一定已經身亡，立刻傳令整頓大軍，準備追擊蜀軍，才追出寨門，司馬懿就心生疑慮，擔心孔明因為魏軍都不出寨交戰，而以「六丁六甲法」詐死，藉以引誘魏軍出擊。如果貿然追趕，一定會中計上當，所以又勒馬回寨，按兵不出，只命令夏侯霸率領數十人到五丈原探聽消息。

夏侯霸到五丈原時看不到一個蜀兵，急忙回營將蜀軍全部退兵的消息告訴司馬懿。司馬懿搥胸頓足，認為孔明一定已經身亡，機不可失，立即率領魏軍準備追擊蜀兵。夏侯霸恐怕諸葛亮又施計謀，建議司馬懿派遣偏將領兵追擊，不可親自輕率追擊，以免中計。但是司馬懿認為一定須親自領兵，才能取得先機，全面擊潰蜀軍。於是司馬懿率領少部分的親信兵馬先行追趕，命令司馬師、司馬昭整頓大軍，隨後支援。

司馬懿一馬當先，率領魏軍追到山腳下，看見蜀兵不遠，於是催兵前進，奮力追趕。忽然山後一聲砲響，喊聲大震，所有的蜀兵都回頭佈陣，準備迎戰。樹影中飄出一面中軍大旗，旗上寫著「漢丞相武鄉侯諸葛亮」，蜀軍之內數十員大將推出一輛四輪車，車上孔明羽扇綸巾，危襟端坐。司馬懿看到這種情形大驚失色，認為孔明尚在人世，這次輕率侵入敵軍重地，後果不堪設想，急忙勒馬回頭奔逃求生。姜維在背後大喊：「司馬懿不要再逃跑，你已經中了丞相的計謀了」。魏兵聽了都魂飛魄散，丟盔棄甲，各自逃命，慌亂中許多魏兵自相踐踏而死。

司馬懿快馬奔逃了五十餘里，背後兩員魏將趕上，拉住馬繩，才止住馬勢，司馬懿用手摸摸頭說：「我的頭還在嗎？」兩名魏將說：「都督不要害怕，蜀兵已經距離我們很遠了。」司馬懿喘息了半晌，神色才稍為平靜，定神一看原來是夏侯霸、夏侯惠兩人，三人於是慢慢回到本寨。司馬懿不敢再率兵出寨追趕，只派少數的哨兵探聽消息。

過了兩日，才知道蜀兵退入谷中之後，揚起白旗，掛孝舉哀，諸葛亮真的死了，只留姜維率領一千名蜀兵斷後。前日車上的孔明只是一尊木人。司馬懿感嘆地說：「我只能猜測孔明生前的計謀，卻無法預料孔明死後的計謀。」

【說計解謀】

《孫子兵法・虛實篇》上提到「形兵之極，至於無形；無形，則深間不能窺，智者不能謀」說明了最高層次的「形勢」就是沒有規律、變化無窮的「無形」，「無形」讓敵人無法捉摸，即使再厲害的間諜也偷看不到底細，再精明的敵人也想不到對付我們的方法。

「樹上開花」的「借局佈勢，力小勢大」其中的要旨是「借」這個字，「借」就是表示利用現實情勢的變化來安排、佈局，可以讓原來的薄弱力量看起來像是無窮巨大一般，也就是《孫子兵法・虛實篇》中的「形兵之極，至於無形」。

孔明生前安排最後一次精彩的「樹上開花」計謀，讓姜維藉著孔明響亮的名氣，以木人騙過一向深諳謀略的司馬懿，使其迫於孔明懾人的氣勢，無暇辨別真偽，最終落荒而逃。使得姜維能率領喪失主將的蜀兵，安然撤退，為孔明一生劃下完美的句點。

第30計

反客爲主

【計文】

乘隙插足，扼其主機，漸之進也。

【解說】

利用別人產生疏忽或間隙的機會，讓自己參與其中，再觀察前後的變化，讓自己在變化中逐漸成為要角，掌控全局。「反客為主」的主要涵意在於不斷地「增強」自己的力量，最後掌控全局。「釜底抽薪」則是不斷地「削弱」敵人的力量，最後導致對方敗亡。前者具有積極意義，後者則顯得較為消極。

法正反客爲主扭轉局勢，黃忠步步爲營進逼曹兵

《三國演義》第七十一回，黃忠與法正率領兵馬在定軍山駐紮，向夏侯淵挑戰，但是夏侯淵都堅守營寨不出。黃忠想要率兵進攻，又害怕山路危險，敵人埋伏，也只好據守營寨。

有一天，曹兵下山前來挑戰，黃忠準備率兵迎敵，陳式自告奮勇要擔當這個任務，黃忠於是命令陳式率領一千兵馬到寨前列陣。夏侯尚率兵前來，兩軍交戰，夏侯尚佯裝失敗而撤退。陳式急忙追趕，來到半路，山上忽然有許多大石、巨木滾下來，擋住去路，背後夏侯淵率領兵馬阻斷歸路。陳式單槍匹馬，無法抵擋，被夏侯淵生擒回寨。

黃忠得到陳式被擒的消息，急忙與法正商議。

法正說：「夏侯淵為人輕率，只有匹夫之勇，而缺乏謀略。現在我們可以激勵士卒，以『反客為主』的方法，步步為營，慢慢前進，引誘夏侯淵前來作戰。」

黃忠採納法正的建議，將多餘的用品犒賞三軍，士卒受到激勵，都願意效死作戰。黃忠即刻命令士兵拔寨前進，步步為營，每寨都只住數天，又拔寨前進。夏侯淵得到黃忠營寨漸漸逼進，準備出寨迎戰。張郃認為這是黃忠「反客為主」的計謀，千萬不可出寨迎戰，否則一定會中計。但是夏侯淵不理會張郃的勸諫，命令夏侯尚率領數千兵馬迎戰黃忠。兩軍交鋒

，不久黃忠就輕易擒捉夏侯尚回營。

夏侯淵得到夏侯尚被擒的消息，急忙派人到黃忠的營寨，告訴黃忠願意以陳式交換夏侯尚。黃忠答應第二天在陣前交換俘虜。

第二天，兩軍各擺下陣勢，黃忠、夏侯淵都騎馬立於本陣門旗之下。黃忠帶著夏侯尚；夏侯淵帶著陳式。一聲鼓響，陳式、夏侯尚都向本陣奔回。夏侯尚即將回陣的時候，被黃忠一箭射中後心。夏侯淵看見夏侯尚受傷，大怒，直接殺向黃忠。黃忠的目的就是引誘夏侯淵生氣攻擊。兩將交戰，曹營忽然鳴金收兵，夏侯淵急忙奔回，黃忠趁勢追擊，夏侯淵損失不少兵馬。

【說計解謀】

《孫子兵法．九地篇》上提到「敵人開闔，必亟入之，先其所愛，微與之期，踐墨隨敵，以決戰事。」說明了當敵人出現間隙時，我們必須掌握這種難得機會展開攻擊，先奪取敵人最重視的東西（可能是地利、人物……），做出讓敵人期待的態勢，隨著敵人採取的行動因事制宜，來取得戰場上的勝利。

「反客為主」中的「乘隙插足，扼其主機」與《孫子兵法．九地篇》中的「敵人開闔，必亟入之，先其所愛」是同樣的道理，都是必須利用敵人出現間隙時，緊急採取行動，得到主控權。

夏侯淵的營寨佔有地利，所以對黃忠的搦戰都不理會，並且引誘陳式追擊，而加以擒捉。法正建議黃忠以「反客為主」的方法，慢慢前進，化被動為主動，掌握戰場的主控權。浮躁的夏侯淵果然受不了黃忠步步進逼的威脅，派遣夏侯尚出營作戰而遭到黃忠擒捉。

爾後黃忠再施展《孫子兵法・九地篇》中「微與之期，踐墨隨敵，以決戰事。」的策略，先假裝答應交換俘虜，在交換俘虜的時候，黃忠乘機射傷了夏侯尚，觸怒夏侯淵，引誘夏侯淵攻擊，再故佈疑陣，利用夏侯淵撤退的時候進行追擊，造成夏侯淵大敗。法正這次「反客為主」的運用，使原本處於劣勢的黃忠扭轉局勢，而取得最後勝利。

—第30計—反客為主—之2—

有名無實孫亮退位，反客爲主孫綝奪權

《三國演義》第一百一十三回，東吳丞相孫峻病亡，其弟孫綝繼位輔政。孫綝的個性強橫，利用機會斬殺大司馬滕胤、將軍呂據、王惇等人。從此之後，孫綝掌握東吳的軍、政大權。

孫綝派遣全端、唐咨等人，率領七萬兵馬攻打曹魏，全端、唐咨失敗，恐懼孫綝會加以責罰，因而投降司馬昭。孫綝得到此一消息，勃然大怒，將兩人的家眷全都斬首。吳帝孫亮雖然年幼，但是天性聰明，對於孫綝輕易刑殺的行為非常反感，由於軍、政大權都掌握在孫綝手上，一時之間，也無法有所作為。

有一天，孫亮心情鬱悶地在內宮閒坐，國舅全紀在旁陪侍。

孫亮哭泣說：「孫綝專權妄殺無辜，眼中根本沒有我這個皇帝，現在如果不想辦法除掉他，後果將不堪設想。」

全紀回答：「陛下如果有可以讓臣效命的地方，臣一定全力以赴。」

孫亮說：「你只要掌握京城的侍衛兵，與劉丞將軍把守城門，我親自斬殺孫綝。但是千萬不能讓你母親知道，因為她是孫綝的姊姊，萬一事機洩露，恐怕我們性命都有危險。」

全紀回答：「希望陛下擬詔書給臣，在行事之前，我會將詔書公布，侍衛才會聽命。」

孫亮隨即寫下詔書交給全紀。全紀得到詔書回家之後，將準備誅殺孫綝的事偷偷告訴父親全尚。全尚再告訴妻子：「三天之內，孫綝就會遭到誅殺。」全尚的妻子暗中派人通知孫綝。孫綝得到消息，大為憤怒，連夜率領精兵包圍內宮，並且將全尚、劉丞及其家人斬首，然後召集文武百官到朝廷上。

孫綝說：「主上荒淫久病，昏亂無道，應該廢掉，另外再立新主。各位官員，如果有不遵從的人，以謀叛罪處置。」

尚書桓懿大聲怒罵：「當今聖上是聰明的君主，你怎麼可以胡言亂語?!我寧願死也不會遵從你這個篡逆賊人的命令。」

孫綝大怒，親自拔劍斬殺桓懿，其餘的文武百官看到這種情形，都驚嚇得手足無措，不敢再反抗。孫綝隨即入內宮，指責孫亮。

孫綝大罵：「無道昏君，本來應該誅戮，向天下的人謝罪。看在先帝的面上，廢你為會稽王，我再遴選有德行的人繼任帝位。」

孫綝說完，命令李崇、鄧程收取皇帝玉璽，孫亮無奈，只好大哭離去。

【說計解謀】

「反客為主」中「乘隙插足，扼其主機，漸之進也」表示先掌握機會佔有一席之地，然後乘機奪取主控權掌控全局，這些行動都要謹慎小心，一步一步慢慢進行。

孫綝以循序漸進為手段，先取得輔政的地位，再剷除異己，然後奪取軍政大權。當孫亮無法忍受孫綝無形的威脅，準備奪回君主大權時，又因為全尚洩露消息而讓孫綝得知孫亮的企圖。孫綝再以絕對的優勢，包圍內宮，斬殺桓懿以警告百官，再奪取孫亮的玉璽，貶孫亮為會稽王。孫綝的奪權過程，正是「反客為主」的最佳寫照。

美人計

—第31計—

【計文】

兵強者，攻其將；將智者，伐其情。將弱兵頹，其勢自萎。利用禦寇，順相保也。

【解說】

如果敵人的兵力強盛，就應該針對敵人將領的弱點攻擊，但是敵人的將領倘若富於謀略，就應該運用策略，製造敵人將領與屬下之間的矛盾，分裂他們的感情。一旦敵人的將領勢弱，士兵頹敗，作戰的意志低落，最後會自然崩潰。利用敵人的弱點來控制敵人，就可以在自己弱勢的時候，保存實力，再伺機擴大掌控全局。

孫權巧使美人計，孔明智奪俏嬌娘

《三國演義》第五十四回，赤壁之戰後，劉備奪取荊州當作根據地。碰巧劉備的妻子甘夫人去世，周瑜得到消息之後，乘機籌設計謀，建議孫權以其妹與劉備結姻親為藉口，說服劉備來南徐，再派人向諸葛亮索討荊州以交換劉備。孫權因此派遣呂範到荊州作媒。

呂範到荊州見了劉備，告訴劉備：「孫權希望兩家聯姻，再共同抵禦曹操。」劉備先派人送呂範到驛館休息，然後與孔明商議。

孔明說：「呂範的目的，我已經知道了，主公可以答應親事，先派孫乾與呂範回見孫權，再擇日娶親。」

劉備說：「周瑜設下計謀，準備謀害我的生命，怎麼可以輕易地冒險呢?!」

孔明回答：「周瑜雖然能夠用計，但是一切在我的預料之中。只要略施小計，周瑜就會陷入半籌莫展的僵局中，主公既可以順利迎娶孫夫人，又可以保住荊州，絕對不會有絲毫的損失。」

劉備還在猶豫不決的時候，孔明即吩咐趙雲隨劉備到東吳，並且交給趙雲三個錦囊，吩咐趙雲依計而行。

建安十四年十月，劉備、趙雲、孫乾與五百名士兵乘船抵達南徐，趙雲打開第一個錦囊觀看後，即吩咐軍士到南徐採買物件，並宣揚劉備即將入贅東吳，讓城中百姓都知道這件事。劉備也親自拜訪喬國老，訴說結親之事。

喬國老見過劉備之後，就入宮向吳國太祝賀。吳國太吃了一驚，立即派人請孫權到後宮詢問。

吳國太說：「男大當婚、女大當嫁，我是你的母親，你招劉備為婿這件事，為什麼事先沒向我稟告呢？」

孫權回答：「這個消息是從那裡傳來的呀？」

吳國太說：「若要人不知，除非己莫為。大街小巷人人都在議論這件事，你卻來欺瞞我。」

孫權回答。「這其實是周瑜的計謀，想騙取劉備來到東吳，再以劉備交換荊州，並不是真正想和劉備結親。」

吳國太大罵：「周瑜統領六郡八十一州，沒有良策攻打荊州，卻以我女兒為釣餌，想用美人計殺了劉備，而我女兒卻變成望門的寡婦，將來怎麼過日子？因為這門親事耽誤我女兒的一生，你們真是可惡！」

喬國老勸說：「事情已經到了這步田地，劉皇叔是漢室宗親，不如真的招他為婿，以免出醜。」

吳國太說：「我並不認識劉備，明天約他在甘露寺見面，我如果中意，就把女兒嫁他；如果不中意，任憑你們處置。」

第二天，孫權與吳國太在甘露寺宴請劉備，趙雲率領五百名軍士隨行保護。吳國太看見劉備有龍鳳般的容貌，而且仁德廣佈天下，非常欣喜，立刻安排數日之內讓孫夫人與劉備完婚。

劉備與孫夫人成親之後，兩情歡娛。劉備派孫乾先回荊州報喜，從此之後，劉備日日飲酒。

孫權派人告訴周瑜假戲真做的消息，已經奉吳國太之命與劉備結成親家。周瑜大吃一驚，回信建議孫權將計就計，讓劉備留在東吳，送給劉備豪宅、美女以迷亂他的心志；又讓劉備遠離關羽、張飛與諸葛亮，然後再出兵襲擊荊州，才有機會成功。孫權採納周瑜的意見，派人整修豪宅「東府」，又送劉備數十位歌妓及許多奇珍異寶。劉備果然被聲色所迷，從此不再思念荊州。

趙雲與五百多名軍士在東府居住，終日無所事事，每天只是騎馬練習射箭，等到年終才猛然想起孔明吩咐，住到年終須拆開第二個錦囊，於是立即拆開錦囊觀看，直接到劉備的府堂求見。

趙雲故意大驚失色說：「主公難道不想念荊州嗎？」

劉備回答：「有什麼事讓你大驚小怪？」

趙雲說：「今天早上軍師派人傳來消息，曹操為了報赤壁之仇，已經率領五十萬大軍殺向荊州，請主公立刻回荊州指揮。」

劉備回答：「必須與夫人商議。」

趙雲幾番催促之後，劉備進入後堂，看見孫夫人，不禁兩眼垂淚。

孫夫人問：「夫君有什麼事煩惱？」

劉備回答：「想我一生飄蕩異鄉，既不能侍奉父母，又無法祭祀宗祖，實在是大逆不孝。現在即將歲末，所以才會悶悶不樂。」

孫夫人說：「你不要騙我了！剛才趙雲稟報荊州危急，你想還鄉，所以才這樣說的。」

劉備說：「夫人既然已經知道，我怎敢隱瞞？如果曹操攻打荊州，我不回去，天下的人一定會笑我不戰而逃，可是我回去的話，又捨不下夫人，因此煩惱。」

孫夫人回答：「我嫁夫隨夫，與你偕行。等到正月初一拜賀母親的時候，告訴母親，我們要到江邊祭拜祖先，然後不告而別，這個方法你認為可行嗎？」

劉備與孫夫人兩人商議妥當之後，吩咐趙雲於元旦先率領軍士出城，在官道等候。

建安十五年正月元旦，孫權於廟堂上宴請文武百官，人醉不醒。劉備與孫夫人以祭祖為由，前往江邊，然後與趙雲在城外會合。

第二天，孫權聽到劉備離開的消息，大為憤怒，命令陳武、潘璋率領五百名軍士，不分晝夜趕路，務必要追拿劉備回城。兩名將領接下任務離去之後，程普認為陳武、潘璋一定無法捉拿劉備，將會無功而返。孫權於是將佩劍交給蔣欽、周泰，命令他二人拿劍砍下劉備及孫夫人的頭。

劉備一行人來到柴桑邊界，看見後面塵土飛揚，判斷追兵將至。忽然徐盛、丁奉率領三千名士兵攔住去路，劉備見前有悍將、後有追兵，嚇得手足無措。

趙雲說：「主公您不要慌張。離開荊州之前，軍師曾經交給我三個錦囊妙計，已經拆開兩個，都應驗軍師的預言。還剩一個，軍師吩咐在危難時刻才可以拆開觀看，現在情況危急，應該是拆閱錦囊的時候了。」

趙雲拆開錦囊，交給劉備，劉備看完錦囊，立即奔向孫夫人。

劉備哭泣地說：「當初吳侯與周瑜共同設下計謀，讓夫人與我結親，目的是要將我囚禁而奪取荊州，並不是為了夫人的幸福。我之所以冒生命危險前來，是因為知道夫人是具有男子氣概的巾幗英雄，而不是一個平凡的弱女子。現在後有吳侯追兵，周瑜又派大將擋住去路，恐怕只有夫人才能解除危難。如果夫人不肯幫忙，我只有撞死在夫人面前，以報夫人不嫌棄的恩德。」

孫夫人聽完劉備的話，大怒，立即奔到軍前，揚言要殺死徐盛、丁奉。徐盛、丁奉兩人見到孫夫人不敢攔阻，讓開大路，讓劉備等人通過。不久陳武、潘璋兩人趕到，向徐盛、丁奉訴說吳侯的旨意，四人急忙率兵追趕。孫夫人讓劉備先行，自己則與趙雲斷後。四人見了孫夫人，只好下馬，拱手而立。孫夫人沉下臉色，大聲斥責，趙雲怒目睜眉，準備廝殺，徐盛等四人不敢違抗，噤聲而退。孫夫人與趙雲連忙趕上劉備。徐盛等四人猶豫未定，蔣欽、周泰率兵趕來，拿出吳侯的佩劍，告訴丁奉等人，吳侯已經下令斬殺劉備及孫夫人。六人商議之後，徐盛、丁奉回報周瑜，蔣欽等四人則沿江追趕劉備。

劉備等人來到劉郎浦，才稍稍寬心，忽然望見後面塵土沖天，喊聲漸近。正處於慌亂的時候，看見岸邊有二十餘艘小船，劉備與孫夫人便奔上船，諸葛亮大笑而出。原來船上都是荊州水軍假扮商人，劉備喜出望外，急忙登船離開。蔣欽等四人趕到岸邊，小船都已遠離。

劉備與孔明在船上談笑風聲，忽然江上鼓聲大震，只見周瑜親自率領水軍急奔而來。孔明命令小船奔向荊州北岸，所有軍士都棄船上岸而走，改乘車馬。周瑜趕到江邊，看到劉備人馬不遠，命令士兵奮力上岸追擊。忽然一聲鼓響，關羽率大軍殺出，周瑜急忙命令士兵撤退，左右又有黃忠、魏延率兵殺出，吳兵大敗，死傷無數。周瑜好不容易才奔回戰船，岸上蜀軍大喊：「周郎妙計安天下，陪了夫人又折兵！」周瑜一氣之下，金瘡迸裂，氣絕昏倒，不省人事。

【說計解謀】

「美大計」中「兵強者，攻其將；將智者，伐其情。將弱兵頹，其勢自萎」最主要的要旨是利用機會分化敵人，製造敵人之間的矛盾，讓敵人從內部開始分裂，這樣一來不管敵人原來再怎麼強盛，最後都會變成頹敗而不堪一擊。

周瑜本來想以結親為藉口，安排「美人計」，扣留劉備以交換荊州。不料，孔明早已識穿周瑜的計謀，交給趙雲三個錦囊，安排三次伏筆，其間劉備雖然曾經沉醉在美人鄉中樂而忘蜀，一切卻都在孔明錦囊的掌控之中，最後劉備不但未喪失荊州，還順利得到孫夫人。孔明對於敵情的資料收集、敵將的性情判斷、時間的精準掌握，無不充分顯示出孔明獨到的「預見力」。正是兵法中「運籌於帷幄之中，決勝於千里之外」的最佳寫照。

—第32計—

空城計

【計文】

虛則虛之，疑中生疑，剛柔之際，奇而復奇。

【解說】

當我方在空虛薄弱的情況下，遭遇敵人強大的壓力時，只有冒險地故意暴露缺點，讓敵人弄不清楚真相，產生更深一層的疑慮，而不敢妄自行動。這種剛、柔分際的掌握，是變化中再生變化的藝術。但是「空城計」的運用須有幾個要項：

一、敵人的將領具有謹慎、小心、善疑、多慮的個性。

二、敵人對我方存在心理上的畏懼。

三、敵人對我方的虛實未確實掌握。

長坂橋頭張飛怒吼，心神俱驚曹操退兵

《三國演義》第四十二回，劉表死後，劉琮繼承荊州牧的職務，曹操率領大軍南下，劉琮不敢跟曹操對抗，於是開城門捧印綬、兵符向曹操投降。當時，寄居荊州的劉備率領十餘萬百姓慢慢向江陵撤退，由趙雲保護劉備家眷，張飛負責斷後。半途中，曹操的大軍殺到，張飛保護劉備且戰且走，戰到天明曹兵漸漸遠離，而劉備的身邊也只剩百餘人。糜竺、糜芳、簡雍、趙雲也都不知去向，劉備正處倉皇、感傷的時候，糜芳帶箭踉蹌奔來。

糜芳說：「趙雲認為我們現在勢力單薄，已經往西北方向投奔曹操去了。」

張飛說：「我親自去尋找他，如果讓我碰到，我就一鎗刺死他。」

劉備說：「子龍與我是患難之交，並不是富貴可以動搖的。我認為子龍離開一定有理由，他不可能背棄我。」

但是張飛不聽劉備的勸告，率領二十餘人到長坂橋頭。張飛看見橋東有一片樹林，心生一計，命令二十餘人砍下樹枝，拴在馬尾上，在林中來回奔跑，衝起塵土，作為疑兵。張飛則單槍匹馬，立於橋頭。

另一方面，趙雲保護劉備家眷，不料被曹操大軍衝散，趙雲單槍匹馬，往來衝殺，在亂軍之中尋找甘、糜兩位夫人與小主人阿斗。趙雲在土牆旁看到糜夫人抱著阿斗，坐在枯井邊啼哭。糜夫人身受重傷，害怕連累趙雲與阿斗，看到趙雲，將阿斗置於井旁，翻身投入枯井自殺身亡。趙雲眼見曹軍迫近，急忙推倒土牆，掩蓋枯井，抱著阿斗殺出重圍，來到長坂橋頭。

趙雲大叫：「翼德幫我！」

張飛回答：「子龍你快過來，追兵讓我來阻擋。」

趙雲連忙騎馬過橋，文聘率領曹軍追到長坂橋頭，看見張飛倒豎虎鬚，圓睜雙眼，手拿蛇矛，站在橋上；又看見橋後樹林之中塵土飛揚，懷疑可能有伏兵，因而不敢莽撞過橋。一會兒曹仁、李典、夏侯惇、夏侯淵、樂進、張遼、張郃、許褚等大將陸續來到，看見張飛單槍匹馬站在橋上，恐怕諸葛亮又設下計謀，也都不敢向前靠近。眾人一面在橋西嚴陣以待；一面派人將情況稟報曹操。曹操急忙來到陣前。張飛看到青羅傘來到，已經料到曹操一定是因為心疑，所以親自前來觀察。

張飛於是大叫：「我就是燕人張翼德，誰敢來和我決一死戰。」

張飛的聲音如同巨雷，曹軍聽到都戰慄不已。曹操又想起當初關羽曾說過張飛在萬軍之中，取上將首級，就像探囊取物一樣容易，因而心生怯意。張飛看見曹軍畏懼而陣腳鬆動，又大喊：「戰又不戰，退又不退，到底是什麼原因啊?!」夏侯傑聽到張飛的喊聲，嚇得肝膽俱裂，摔倒馬下。曹操也嚇得騎馬掉頭就走。於是所有的曹軍都一起回馬奔逃。

【說計解謀】

《孫子兵法・行軍篇》上提到「軍旁有險阻、潢井、葭葦、林木、翳薈者，必謹慎覆索之，此伏奸之所處也……塵高而銳者，車來也；卑而廣者，徒來也」說明行軍到險要地形、沼澤、樹林、草叢都必須小心謹慎特別提防敵人突擊，這些地點是敵人最有可能埋伏的地方……敵人後方的塵土高揚，表示敵人後方是戰車；塵土低而範圍卻很廣，則表示敵人是徒步走來。

樹林是最容易埋伏的地點，張飛知道，曹操也知道；樹林內塵土飛揚則代表有敵軍埋伏、躲藏在樹林後，準備突擊，這種兵法概念張飛知道，曹操也知道，而張飛就是利用曹操深諳兵法的特質，才安排這次的「空城計」。

張飛這次單槍匹馬喝退曹軍，並不是憑藉一時之勇，而是在情況危急的窘境中，充分掌握地利，虛設疑兵，讓曹軍誤認為樹林中可能有埋伏，再利用曹軍恐懼孔明的計謀及張飛個人英勇遠播的威名，造成曹軍強大的心理壓力；等到曹軍出現陣腳鬆動的情形再適時大吼，嚇得曹軍如同喪家之犬只顧奔逃。可見此時的張飛已經不再是昔日的「莽夫」，而是能充分掌握地利、心理優勢又具有膽識的「智勇兼備」的大將了。

單槍匹馬趙雲當關，鼓響箭發曹操奔逃

《三國演義》第七十一回，黃忠斬殺夏侯淵之後，劉備加封黃忠為征西大都督，並且設宴慶賀。忽然有副將張著前來報告：「曹操親自率領二十萬大軍前來為夏侯淵報仇。現在張郃正從米倉山搬運糧草到漢水北山腳下。」

孔明說：「現在曹操率領大軍到達這裡，不敢發動攻擊的原因是害怕糧草不夠軍用。如果有人能夠深入險境，燒毀曹軍的糧草，奪得後勤補給，曹操一定會退兵了。」

黃忠回答：「老夫願意擔當這個任務。」

孔明說：「曹操的才能比夏侯淵強太多了，千萬不可輕敵。」

劉備說：「夏侯淵雖然是三軍統帥，但只是一個勇夫而已，才能絕對比不上張郃。如果能斬殺張郃，功勞勝過斬殺夏侯淵十倍。」

黃忠自告奮勇，願意前去斬殺張郃。

孔明便命令黃忠與趙雲共同率領兵馬，前去奪劫曹操的糧草。黃忠和趙雲約定，由黃忠率領兵馬先去劫糧，如果午時還未回營，趙雲再率領兵馬前往支援。

黃忠回到營寨後告訴副將張著：「我斬殺夏侯淵，張郃恐怕已經聞風喪膽。我明天奉命去劫奪糧草，只要留五百名軍士守寨，你現在傳令所有軍士，三更準備，四更離營，殺到北山腳下，先捉張郃，後劫糧草。」張著急忙向軍士傳達黃忠的命令。

當天晚上，黃忠、張著率領軍士，偷偷渡過漢水，直接到北山腳下，天色才漸漸翻白。魏寨中糧草堆積如山，只有少數魏兵看守，魏兵看見蜀兵，都慌張地放棄營寨逃走。黃忠命令軍士在米糧旁堆積木柴，正準備放火燒糧，張郃率領魏兵來到，與黃忠混戰。曹操得到蜀兵燒糧的消息，趕緊命令徐晃接應張郃。徐晃率領兵馬將黃忠圍在垓心，張著率領三百名蜀兵逃走，準備奔回營寨，卻被魏將文聘攔住去路。

趙雲在營寨中，等到午時仍然沒有黃忠的消息，急忙披掛上馬，率領三千兵馬準備前往救援。

出發前，趙雲告訴副將張翼一定要堅守營寨，營寨兩旁要多埋伏弓箭手作為準備。趙雲說完，立即取槍騎馬殺向曹營，沿途刺死魏將慕容烈、焦炳，一直殺到北山腳下，看見張郃、徐晃兩人圍住黃忠，蜀兵早已兵疲馬乏。趙雲大喊一聲，殺入重圍。張郃、徐晃看見趙雲來勢洶洶，都心驚膽怯地不敢迎戰。趙雲救出黃忠，且戰且走，所經過的地方，曹兵都不敢加以阻攔。

趙雲救出黃忠之後，有軍士指出在東南方被包圍的一定是副將張著。趙雲聽完不回本寨，直接奔向東南方，沿路上的曹兵，只要看見常山趙雲的旗幟，都急忙奔走逃竄，趙雲因此輕易救回張著。

曹操在山上看見趙雲左衝右突，所向無敵的情形，非常憤怒，立即率領軍士追趕趙雲。趙雲已經殺回本寨，副將張翼望見後頭塵土飛揚，知道是曹兵追來。

張翼說：「追兵已經快要來到城下，可以命令軍士關上寨門，在敵樓上防護守衛。」

趙雲大喝：「不要關上寨門，你難道不知道當初在當陽長坂時，我單槍匹馬都視八十萬曹兵如草芥，更何況現在有兵有將。」

趙雲說完，命令弓箭手在寨外壕溝中埋伏，營內偃旗息鼓，趙雲單槍匹馬，立於營門之外。

張郃、徐晃兩人率領魏兵追到蜀寨前，天色已暗，看見寨內偃旗息鼓，趙雲單槍匹馬，站在營外，寨門大開。張郃、徐晃兩人看見這種異常景況，都心生懷疑，不敢前進。正逢曹操趕到，急忙催促眾人向前。眾將聽到曹操的命令，立即揮軍殺到營前，但是趙雲仍然聞風不動，曹兵害怕得翻身就跑。趙雲看見曹兵退怯，立即舉槍招搖，瞬時間鑼鼓喧天，萬箭齊發。

當時天色昏黑，曹操不知蜀兵虛實，急忙掉頭奔逃。曹兵自相踐踏，蜂擁逃到漢水河邊，死傷的人數已經難以計算。趙雲、黃忠、張著各率領一支兵馬，追殺曹操。曹操正在奔逃的時候，劉封、孟達率領兵馬從米倉山路殺來，放火焚燒曹營的糧草。曹操急忙放棄北山糧草，奔回南鄭。徐晃、張郃也放棄營寨奪路而逃。趙雲、黃忠佔領了曹寨，得到無數兵器、糧草，大獲全勝，派人去向劉備傳捷報。劉備於是與孔明趕到漢水，慰勞軍士，並封趙雲為虎威將軍。

【說計解謀】

「空城計」中「虛則虛之，疑中生疑」的要旨是我方處於脆弱的空虛情況，還故意在敵人面前表現出空虛的情況，讓敵人加深對我方原有的疑慮，而不敢採取行動。

《孫子兵法・勢篇》上提到「兵之所加，如以碫投卵者，虛實是也」說明了希望像拿石頭丟擲雞蛋一樣容易取得作戰勝利，就必須充份掌握敵我雙方的虛實情況。《孫子兵法・虛實篇》上提到「兵之形，避實而擊虛」也說明了作戰必須避開敵人有準備的地方，攻擊敵人脆弱的地方。

趙雲利用天色昏暗作為掩護，讓曹操無法明確掌握蜀軍的狀況。再利用自己「長坂救主」的威名，大開寨門，給予曹軍將士心理上強大的壓制力。當曹兵大軍壓境來到寨前，他憑藉過人的膽識，仍然聞風不動，更引起曹軍的疑懼，認為營寨內一定有蜀兵埋伏，而轉身準備逃跑。趙雲掌握曹軍氣衰膽怯的時機，大鳴鑼鼓、萬箭齊發，嚇得曹軍亡命奔逃。趙雲、黃忠再乘勢追擊，不但造成曹軍傷亡慘重，更輕易地佔領曹營，奪得許多兵器、糧草。

趙雲憑恃個人威名及過人的膽識，藉著天色昏暗為掩護，大膽地施展「空城計」，成功地以少數蜀兵擊潰二十萬曹軍，正顯示趙雲智勇兼備、超凡脫俗的將領特質。

焚香操琴守空城，神鬼莫測退雄兵

《三國演前》第九十五回，孔明第一次出兵祁山時，派遣馬謖防守街亭，不料馬謖不聽王平勸告，造成街亭失守。消息傳回孔明的營寨，孔明搥胸頓足，急忙吩咐關興、張苞各率領三千名士兵到武功山小路埋伏，如果看見魏兵，只要鼓譟吶喊，不可追擊，魏兵一定會疑懼逃走，等到魏兵離開之後，立刻率兵退回陽平關。又吩咐張翼率領士兵修整劍閣，以便作為退路。再吩咐馬岱、姜維到山谷中埋伏、斷後，等到士兵都安全撤退，才能收兵。另外一方面派人傳令天水、南安、安定三郡軍民退回漢中。孔明一一安排妥當之後，只率領五千名士兵到西城縣搬運糧草。

突然間，哨兵傳來司馬懿率領十五萬兵馬前來攻擊的緊急消息。當時孔明身邊沒有大將，只有一些文官，五千名士兵也因為搬運糧草的關係，只剩下兩千五百名士兵。所有的官員都大驚失色，孔明登上城樓，果然看見魏兵分作兩路兵馬殺向西城縣而來。

孔明立刻吩咐士兵將所有旌旗藏匿，大開城門，每一個城門派二十名士兵，扮成百姓灑掃街道。並且下令如果有隨意走動及高聲言語的人，立刻斬首示眾。孔明自己則頭戴綸巾，身披鶴氅，登上敵樓，焚香操琴，憑欄而坐。

魏兵來到城下，看見這種景象，都不敢入城攻擊，並將消息回報司馬懿。

司馬懿親自來到城前觀看。果然看見孔明在敵樓上笑容可掬地焚香操琴，左邊有一童子，手捧寶劍；右邊有一童子，手持麈尾。城門大開，只有二十多個低頭灑掃的百姓。司馬懿內心驚懼不已，命令軍士回頭，準備向北方向撤退。

司馬昭問：「莫非孔明是因為城中沒有軍士，故意顯露出這種景象，父親為什麼就準備退兵？」

司馬懿回答：「孔明一生行事極為謹慎，從不涉險。現在大開城門，一定有大軍埋伏，我們如果發動攻擊，就會陷入孔明的陷阱中，這種詭計，不是你所能了解的。應該要立刻撤退。」

於是兩路魏兵都完全撤退。孔明看見魏兵已經離開，撫掌而笑。所有的官員都嚇出一身冷汗。

官員們問：「司馬懿是魏國大將，率領十五萬大軍來到這裡，看見丞相之後，卻馬上退兵，到底是什麼原因？」

孔明回答：「司馬懿認為我是一個小心謹慎的人，不會冒險，看到這種景象，一定會懷疑城內有埋伏而不敢攻擊。其實我也不想冒險，但是在這種情勢下，不得不用這種花招。現在司馬懿一定會往山北小路撤退，我已經命令關興、張苞兩人在那裡守候了。」

官員們說：「丞相的謀略，真是神鬼莫測。如果是我們碰到這種情況，早就棄城逃跑了。」

孔明回答：「現在只剩下兩千五百名士兵，即使棄城逃走，也一定會遭到司馬懿的擒捉。」

孔明說完，立刻下令西城軍民退入漢中。

司馬懿率魏兵向武功山小路撤退，忽然山坡後喊聲震天，只見張苞的旗幟招搖。司馬懿告訴司馬昭：「剛才如果不迅速退兵，就已經中了孔明的詭計。」魏兵急忙丟下武器奔逃。才走沒有多久，山谷中鼓聲震地，關興的旗幟招搖，蜀兵的喊聲回音繚繞，無法判斷有多少人馬。司馬懿不敢久留，只好放棄糧草，班師返回街亭。所有蜀兵在司馬懿撤退後，立刻奔回漢中。

【說計解謀】

《孫子兵法・勢篇》上提到「凡戰者，以正合，以奇勝。故善出奇者，無窮如天地，不竭如江河……戰勢不過奇正，奇正之變，不可勝窮。」說明了戰爭歸納起來只有正面與敵人對抗或設下計謀傷害敵人兩種而已，但是真正運用卻可以變化無窮。誰善於掌握奇、正的變化運用，誰就能夠取得勝利。

孔明以二千五百名蜀兵，施展「空城計」嚇退司馬懿的十五萬魏兵。憑藉的原因是：

1. 孔明的神機妙算從不失策，對司馬懿造成強大的心理壓力。
2. 孔明的計謀都是穩紮穩打，從不冒險。
3. 司馬懿謹慎、多疑的性格。

這次魏軍將領如果是具有魯莽的性格的曹真而不是謹慎的司馬懿，孔明的計謀恐怕會失敗。而且孔明計算司馬懿的撤退路線，事先安排張苞、關興搖旗吶喊，讓驚魂甫定的司馬懿更加堅信自己的判斷正確而加速撤退。否則謹慎的司馬懿看見沒有追兵，一定會立刻回頭追擊蜀兵。

從這次的「空城計」可以顯現孔明對敵人將領的了解、心理戰術的高明運用、臨敵不懼的膽識；更在敵人的退路上，安排伏兵製造緊張氣氛，充分掌握「空城計」中「虛則虛之，疑中生疑」的精髓。即使是一向以謀略、應變見長的司馬懿，率領精銳大軍逃回街亭，仍然認為自己錯誤的判斷是正確的，直到真相大白時，才大嘆不如孔明。

第33計 反間計

【計文】

疑中之疑，比之自內，不自私也。

【解說】

在疑陣中再佈下疑點，讓敵人內部因為懷疑、猜忌而產生矛盾，進而削減敵人的力量，這種情形不會使我方產生任何損失，但卻是敵人的一大傷害。《孫子兵法・用間篇》中曾提到間有因間、內間、反間、死間、生間五種。其中「反間者，因其敵間而用之。」就是利用敵人的間諜，傳達錯誤的訊息給敵人的將領。一般說來有兩種方法：

一、以重金賄賂敵人的間諜，讓他成為我方的間諜，散佈錯誤的消息。

二、故意裝作沒有發覺敵人的間諜，而透露錯誤的情報給他，再讓敵人的將領作出錯誤的判斷。

剷除奸黨因妒設謀，自相殘害誤中反間

《三國演義》第十三回，曹操平定山東之後，漢獻帝加封曹操為建德將軍費亭侯。當時李傕自封為大司馬，郭汜自封為大將軍，兩人行為肆無忌憚，朝廷文武百官沒有人敢出面糾正。

太尉楊彪、大司農朱儁暗中告訴獻帝：「現在曹操擁有二十萬大軍，謀臣武將數十人，如果曹操能夠為國家盡力，剷除奸黨，這就是天下百姓的福祉。」

獻帝回答：「我被李傕、郭汜兩人欺壓已久，如果能順利謀殺李傕、郭汜兩人，這實在是我最期盼的事。」

楊彪上奏：「我有一個方法，先讓李傕、郭汜兩人反目成仇，然後再下詔命令曹操率領兵馬攻擊，一定可以順利誅殺賊黨。」

獻帝問：「有什麼好計謀？」

楊彪回答：「聽說郭汜的妻子生性容易嫉妒，只要派人向她挑撥離間，那麼李傕、郭汜兩人就會反目成仇了。」

獻帝於是吩咐楊彪祕密進行這件事。

楊彪暗中請他的妻子找藉口到郭汜府中。

楊妻告訴郭汜的妻子說：「聽說郭將軍和李司馬的妻子兩人非常親密，如果李司馬知道這件事，郭將軍一定會遭到謀害。請夫人要特別注意，斷絕他們兩人的來往才好。」

郭妻驚訝地回答：「難怪他常常深夜不歸，原來是做出這種無恥的事。如果不是夫人提醒，我實在不知道這件事呀！我一定會小心注意。」

楊彪的妻子準備回府，郭妻再三道謝後，送楊妻出門。過了幾天，郭汜又準備到李傕的府中飲酒。

郭妻說：「李傕的個性狡詐陰險，何況現在大權掌握在你們兩人的手上，如果他在酒中毒害你，那我該怎麼辦？」

郭汜原來不理會，但是郭妻一再勸阻，所以郭汜無法前去李家。等到晚上的時候，李傕派人送來酒菜，郭妻暗中在酒菜內放入毒藥，才端到桌上。

郭汜正準備食用酒菜時，郭妻說：「這是外人送來的酒菜，怎麼可以隨便食用？」說完之後，將一部分酒菜拿給小狗吃，不料，小狗立刻死亡。從此之後，郭汜就心生懷疑，不再信任李傕。

有一天，李傕邀請郭汜回家飲宴，郭汜酒醉後回府，恰好腹痛如絞。

郭妻說：「一定是中毒了。」

郭汜回答：「我和李傕一起圖謀大事，現在卻無緣無故陷害我，我如果不先發難，一定會遭到李傕毒害。」

於是郭汜整頓兵馬，準備攻擊李傕。李傕得到消息之後，也整頓兵馬準備和郭汜對抗。兩人自此之後，反目成仇。

【說計解謀】

「反間計」中「疑中之疑，比之自內」的要旨是利用敵人內部的矛盾，來製造敵人彼此間的疑慮，讓敵人的能量從內部開始消耗，對我們而言卻沒有任何損失。

《孫子兵法．用間篇》上提到「反間者，因其敵間而用之……必索敵人之間來間我者，因而利之，導而舍之，故反間可得而用也」說明了當敵人派間諜來探查我方消息時，我們可以用利益來收買他，讓他成為我方的間諜，這就是所謂的「反間」。

郭汜與李傕同掌朝中大權，只因為郭汜的妻子非常容易嫉妒，所以讓楊彪有機會利用郭妻的性格弱點，設下「反間計」。

從這次事件，可以發現內部的矛盾是事端的開始。掌握朝中大權的郭汜對於妻子態度突然轉變，酒菜中有毒等事件，未能詳究其原因，卻輕易地相信妻子的挑撥離間，造成與李傕反目成仇，最後兵敗如山倒，可見郭汜的謀略素養是多麼低劣。

周瑜夜戲蔣幹，曹操怒斬蔡瑁

《三國演義》第四十五回，曹操發起赤壁之戰，準備攻打東吳，命令張允、蔡瑁訓練水軍。周瑜暗中窺視，察覺張允、蔡瑁深諳水軍妙法，認為必須先除掉這兩人，才有機會擊敗曹操。曹操發現周瑜窺視，才準備派人擒捉，周瑜已經回江南吳寨。曹操聚合將領商議。

曹操說：「上一次與東吳交戰打了敗仗，現在周瑜又偷偷觀察水軍的訓練情形，到底有什麼好方法，可以擊敗吳軍呢！」

蔣幹回答：「我從小和周瑜同學，憑我的三寸之舌，一定可以說服周瑜前來投降。」

曹操問：「子翼（蔣幹的字）和周瑜的交情深厚嗎？」

蔣幹回答：「丞相放心，我一定會成功的。」

曹操問：「需要什麼東西嗎？」

蔣幹回答：「只要一個小童，二個僕人駕船即可。」

曹操聽完大為欣喜，親自設宴為蔣幹送行。蔣幹帶領小童，直接駕船到周瑜的營寨中。

周瑜聽到蔣幹來的消息，笑一笑告訴其他將領：「有說客來了。」於是吩咐其他將領依計而行。

周瑜安排妥當之後，率領數百名軍士，前呼後擁地出寨迎接蔣幹。

蔣幹說：「公瑾最近還好吧！」

周瑜回答：「子翼真是辛苦，遠渡江河，是幫曹操作說客嗎？」

蔣幹嚇了一跳說：「我和你已經分別很久了，特別來找老朋友敘舊，怎麼會懷疑我是說客呢？」

周瑜回答：「我的耳朵雖不像師曠那麼聰敏，但是聽到弦音，也大致可以了解其意。」

蔣幹說：「你以這種態度對待老朋友，我還是趕緊離開吧！」

周瑜笑笑，拉著蔣幹說：「我只是害怕你替曹操當說客，既然不是，又何必急著離去呢！」

說完，周瑜宴請蔣幹及文武百官。周瑜告訴文武百官，蔣幹是以前的好朋友，不是曹操的說客，所以大家不要懷疑，又吩咐太史慈作為監酒，晚宴之中只許談笑歡樂，如果有人談起軍事，立刻斬首。蔣幹聽完周瑜的談話一陣錯愕，不敢多言。

周瑜說：「我自從率軍作戰以來，滴酒不沾，今日看見老朋友，又沒有什麼疑慮，應該大醉一場。」

說完就大笑暢飲，酒宴一直持續到半夜。

蔣幹說：「我已經不勝酒力了。」

周瑜說：「已經很久沒有和子翼同床共眠，今天晚上正好可以共枕長談。」

說完之後，周瑜假裝大醉，拉著蔣幹一起入帳共寢。周瑜到床上，倒頭就睡。蔣幹那裡睡得著，伏在枕邊，輾轉難眠。

大約二更的時候，看見周瑜桌上還有燈火，而身旁的周瑜酣聲大作。蔣幹就偷偷起床，看見桌上都是往來文件，其中有一封信上面寫著「蔡瑁張允謹封」。蔣幹大吃一驚，偷偷打開觀看，書信中的內容：「我們投降曹操，並不是為了個人俸祿，實在是迫不得已。現在已故意拖延曹軍的行動，只要有機會，就會斬殺曹操，獻上首級。會再派人向您通報訊息，屆時請全力支援。」蔣幹看完書信，暗中將書信藏在衣服中，想要再看看其他文件時，周瑜在床上翻身，蔣幹急忙熄燈就寢。

周瑜口中含糊地唸著：「子翼，我數日之內，就會斬殺曹操了。」

蔣幹低聲呼應。

周瑜又說：「子翼，你先不要走！……我一定會取下曹操的首級……」

蔣幹才要說話，周瑜又翻身睡著，即將四更的時候，有人入帳。低聲問：「都督醒了嗎？」

周瑜問：「床上是什麼人呀！」

士兵回答：「都督請子翼同床共寢，怎麼忘記了？」

周瑜懊悔地說：「我平常都不喝酒，昨天酩酊大醉，不曉得有沒有說錯什麼話？」

士兵說：「江北有人來通報消息了。」

周瑜低聲喝住：「小聲！」然後回頭叫：「子翼。」蔣幹假裝睡著。周瑜偷偷出帳。蔣幹豎耳偷聽，帳外有人說：「張、蔡二都督說：『現在還沒有適當時機下手。』……」後面的談話愈來愈小聲，已經聽不清楚了。一會兒，周瑜進入軍帳，又叫：「子翼。」蔣幹蒙頭裝睡。周瑜也解衣就寢。蔣幹睡到五更的時候，偷偷起床，步出營帳。

守衛的士兵問：「先生要去那裡？」

蔣幹回答：「我在這裡，恐怕會耽誤都督的大事，所以先離開了。」

士兵也不阻攔，讓蔣幹自行離開。

蔣幹急忙回營見曹操。

曹操問：「子翼這次成果如何？」

蔣幹回答：「周瑜個性堅定，並不是言詞所能說服的。」

曹操生氣地說：「這件事又失敗了，一定會被周瑜恥笑。」

蔣幹說：「雖然我無法說服周瑜，但卻幫丞相打聽到一件重要消息，請丞相命令軍士暫且退下。」

蔣幹取出書信，告訴曹操這次在周瑜營寨中打聽到的消息。曹操聽完，大為憤怒，傳喚蔡瑁、張允兩人到軍帳中。

曹操問：「我想要現在發動攻擊。」

蔡瑁回答：「水軍尚未熟練，不可輕率發動攻擊。」

曹操說：「等到你將水軍訓練熟練，我的首級恐怕已經獻到周瑜的帳下了。」

蔡瑁、張允兩人不知道曹操的用意，驚慌地不敢回答。曹操命令武士將他們兩人推出帳外斬首。一會兒，武士將蔡瑁、張允的首級獻上，曹操才省悟，但是已經中計了。

【說計解謀】

《孫子兵法・用間篇》上提到「反間者，因其敵間而用之。死間者，為誑事於外，令吾聞知之，而傳於敵間也。」說明了「反間」是讓敵方間諜變成我方間諜。「死間」則是負責散播假消息的人，我們必須知道敵人派誰到我方來散播假消息，而我們也可以利用敵人派來的間諜，讓他回去敵方陣營散播假消息，這種負責散播假消息的間諜如果被發現，一定會遭到誅殺的命運。

蔣幹來周瑜陣營打探消息兼當說客，周瑜利用蔣幹當說客的時候，故意酩酊大醉，邀蔣幹同寢，再偽造蔡瑁、張允串謀的書信放在桌上，讓蔣幹有機會竊取。又令人偽裝蔡瑁親信，在帳外通風報信，最後周瑜說夢話要斬下曹操首級，一齣緊湊安排的好戲，讓蔣幹誤以為得到重要祕密，使得一向以用人見長的曹操，在一時不察的情況下，斬下蔡瑁、張允兩人的首級，也延誤曹操水軍的訓練。

周瑜這次「反間計」之所以能夠順利成功，完全建立在當初蔡瑁、張允荊州獻降，所以曹操對蔡瑁、張允始終不信任的基礎上。因為這次「反間計」的成功，讓熟悉陸戰的曹軍，在水軍的訓練上完全無法發揮，才能讓龐統的「連環船策略」奏效，導致最後赤壁之戰曹操的重大挫敗。

—第33計—反間計—之3—

笑語挑起猜忌心，僞書破壞叔姪情

《三國演義》第五十九回，韓遂與馬超帶領數萬兵馬攻擊曹操，曹操兵敗，退到渭水南岸紮營設寨。曹操暗中命令徐晃、朱靈到河西結營，準備前後夾攻馬超。

有一天，馬超率領數百人在曹操的營寨前，來回奔走，如入無人之境。曹操大怒，夏侯淵看到這種情形，心中氣憤，率領數千人出寨迎戰馬超。曹操想要制止，但是已經來不及了，急忙親自上馬接應。馬超看見曹兵出寨，立刻對夏侯淵展開攻擊。兩軍交戰不久，馬超看見曹操率兵出寨，就撇下夏侯淵，追趕曹操。曹操看見勇猛的馬超直奔而來，大為驚慌，急忙撥馬回頭奔走，曹軍陷入混亂。

馬超正準備追趕，突然傳來曹軍已經在河西設立營寨的消息，馬超大驚，立刻收兵回寨與韓遂商議。

馬超說：「現在曹軍已經乘虛到了河西，我們處於前後受敵的不利情勢，不知道有什麼好方法？」

部將李堪回答：「不如割地請和，兩方先休兵，捱過冬天，明年春天再作打算。」

韓遂說：「李堪的建議很好，可以一試。」

馬超還在猶豫不決的時候，楊秋與侯選都規勸馬超請和。於是韓遂派楊秋為使節，到曹操的營寨中送信，請求割地言和。曹操告訴楊秋會再派人回報消息，請楊秋先回營。楊秋離開之後，賈詡面見曹操。

賈詡說：「丞相已經作了決定嗎？」

曹操回答：「你有什麼好建議嗎？」

賈詡說：「兵不厭詐，可以假意答應韓遂的要求，然後再利用反間計，讓韓遂、馬超互相懷疑，一定可以一舉成功。」

曹操鼓掌大喜：「天下高明的見解，大都不謀而和，文和（賈詡的別名）你這次的計謀，和我心中所想的正好相同。」

曹操一方面派人送信回覆韓遂：「等我慢慢退兵，再歸還河西之地。」一方面命令徐晃搭起浮橋，假裝準備退兵。

馬超收到回信，告訴韓遂：「曹操雖然已經答應和解，但是他詭計多端，如果沒有防備，反而容易中計。從今天起，我和叔父輪流調兵，今天叔父防備曹操，我對付徐晃；明日我防備曹操，叔父對付徐晃，這樣分頭防備，以提防曹操的詭計。」韓遂依照馬超的方法進行防備。

有小兵將馬超的計畫告訴曹操，曹操心中大喜，問小兵：「明天是誰防守我方。」

小兵回答：「韓遂。」

第二天，曹操率領眾人出營，曹操單獨一人騎馬在中央，左右圍繞許多人。韓遂的部卒中很多人沒有見過曹操，都爭相目睹曹操的容貌。曹操派人請韓遂出陣答話，韓遂看見曹操沒有作戰的意圖，也輕裝單騎出陣，兩人在馬上攬轡對話。

曹操說：「我和你的父親同時當上孝廉，我曾經以對待叔父的禮節侍奉他。我和你也同樣走上仕宦這條路，不知不覺已經很多年了。將軍今年幾歲了？」

韓遂回答：「四十歲。」

曹操說：「以前在京師，都青春年少，一晃眼已經步入中年。不知道什麼時候才可以安享天下太平。」

兩人只談京中舊事，並不提起軍情，相談甚歡，大約經過一個時辰，才各自回寨。馬超得到消息，立刻趕回營寨。

馬超問：「今天叔父和曹操在軍陣之前，都談些什麼事啊？」

韓遂回答：「只是談一些京師往事。」

馬超問：「難道都沒有提起軍務要事嗎？」

韓遂回答：「曹操都沒提起，我又怎麼談呢！」

馬超心中非常懷疑，默然地退下。

曹操回到營寨中，和賈詡商議。

曹操問：「你知道我陣前和韓遂談話的用意嗎？」

賈詡回答：「用意雖然巧妙，但是還不足以離間他們兩人，我有一個好方法，可以讓馬超、韓遂自相殘殺。」

曹操問：「有什麼好方法呢？」

賈詡回答：「馬超只是一介勇夫，不懂得智謀。請丞相寫一封信，在重要的地方塗抹修改，然後密封送給韓遂，卻故意暗中放出風聲，讓馬超知道。馬超一定會向韓遂索信來看，如果看見信上塗改，便會猜疑韓遂和丞相有不可告人的密約，才故意塗改信函。只要讓馬超、韓遂兩人互相懷疑，就會產生禍亂。再暗中勾結韓遂部屬，離間兩人，馬超不論多麼勇猛，都會失敗。」

曹操回答：「這真是一條好計謀。」

曹操依照賈詡的建議進行，派人送給韓遂。馬超得到消息，果然向韓遂索取信函。馬超看見信函上有許多地方塗改，於是詢問韓遂：「信上為什麼有許多地方塗改。」

韓遂回答：「信送來的時候就是如此，也不曉得是什麼原因。」

馬超說：「怎麼會有人送草稿給人的道理？一定是叔父有什麼祕密不想讓我知道，所以故意塗改。」

韓遂回答：「也許是曹操不小心，將草稿密封送錯了。」

馬超說：「我才不相信。曹操是一個精明的人，怎麼可能犯這種錯誤？我和叔父同心協力殺賊，為什麼叔父現在卻改變心意呢？」

韓遂說：「你如果不相信我的心志，明天我在陣前，請曹操答話，你從陣內突然殺出，一鎗刺死曹操。」

馬超回答：「如果真是這樣，就可以證明叔父的心意了。」

兩人約定之後，第二天，韓遂率侯選、李堪、梁興、馬玩、楊秋五將出陣。馬超躲在寨門後。

韓遂派人到曹操的營寨前大叫：「韓將軍請丞相答話。」

曹操命令曹洪率領數十人出寨直接來到韓遂陣前。曹洪躬腰行禮說：「昨天晚上丞相和將軍密約之事，請將軍千萬不要耽誤了。」曹洪說完，立刻撥馬回寨。

馬超在門後聽到大怒，舉鎗刺向韓遂，但是被楊秋等五人攔住。

韓遂說：「賢姪請不要懷疑，我並沒有二心。」

馬超並不相信，懷恨而去。韓遂問五將該如何處置，楊秋建議韓遂投降曹操，韓遂別無他法，只好派楊秋送降書給曹操。曹操大喜，封韓遂為西涼侯，楊秋為西涼太守，並且和韓遂約定利用夜間放火，裡應外合，誅殺馬超。

馬超也打探到韓遂的企圖，命令龐德、馬岱為後應，親自率領數人到韓遂的營帳，正聽到韓遂與五位將領準備謀害自己的話語。馬超大怒，衝入營內，舉劍亂砍，韓遂沒有防備，左手被馬超砍下，雙方人馬混戰不停。此時曹操的軍隊突然殺出。馬超的人馬無法抵擋，紛紛四處奔逃，最後只剩下馬岱、龐德與三十餘人向隴西臨洮而去。

【說計解謀】

「反間計」中「疑中之疑，比之自內」的要旨是加深敵人內部原來已經互相猜忌的心理，利用敵人的內部矛盾，進一步分化敵人，來達到消耗敵人的力量。

一般的「反間計」都是利用重金收買敵方間諜；或者對敵方間諜的行動佯裝不知，而散播訊息給敵人。但是曹操這次的「反間計」擺脫傳統的格局，完全掌握主動優勢，三個步驟，環環相扣。

1. 和韓遂閒話家常，引起馬超的猜忌。
2. 送給韓遂一封已經塗改的信函，再放出消息讓馬超得知向韓遂索信觀看，加深兩人的誤解。
3. 當韓遂請曹操答話的時候，曹操已經知道韓遂的意圖，故意派曹洪出陣答話，陷害韓遂。

因為曹操的「反間計」施展得宜，讓馬超、韓遂因誤解而反目成仇，造成韓遂不得不投降的情勢，徹底瓦解馬超、韓遂的結盟關係。

假消息嚴顏中計，眞誘敵張飛設謀

——第33計——反間計——之4——

《三國演義》第六十三回，劉備與龐統以救援為名，準備奪取益州時，龐統在落鳳坡中箭身亡，孔明在荊州聽到消息，垂淚大哭，遂將鎮守荊州的重責大任交給關羽，自己與張飛率領一萬五千名士兵，急急奔向西川。

張飛率兵先行，所經過的城郡都自動投降，軍民秋毫無犯。張飛一路無阻，直接來到巴郡。有小兵回報消息：「巴郡太守嚴顏，是蜀中有名的將領，年紀雖然老邁，但仍有萬夫不敵之勇，現在據守巴郡，不肯投降。」張飛離巴郡十里下寨，派人入城警告嚴顏趕快投降，否則將踏平巴郡。

另一方面，嚴顏聽到劉備佔據涪關的消息，大為憤怒，想要提兵前往涪關與劉備作戰，但是又怕蜀兵前來巴郡，因而不敢離開。嚴顏得知張飛率兵前來，正準備迎敵。有人獻計說：「張飛在當陽長坂，喝退曹操百萬雄兵，連曹操都聞風逃避。現在我們應該堅守不戰，避其銳氣，張飛的糧食不足，不需一個月，自然會撤退，而且張飛性情暴燥，如果生氣就會鞭打士卒，軍心就會生變，屆時再乘機攻擊，那麼張飛就可以輕易擒捉了。」嚴顏聽從建議，命令士兵嚴加守備。忽然有一個軍士大叫：「開門。」原來是張飛派來勸降的士兵，嚴顏大怒，命令軍士將他的耳鼻割下，再放回蜀寨。

士兵回寨面見張飛，訴說被羞辱之事，張飛大怒，立即披掛上馬，率領數百名軍士到巴郡搦戰。城上守備的軍士辱罵張飛，張飛性情急燥，殺到吊橋邊，就被亂箭射回，只好滿腔怒氣奔回寨中，一連幾日，張飛派人搦戰，但是嚴顏都不加理會。張飛親自登山觀看巴郡城中的動靜，只見嚴顏的守軍都披掛守衛，分列隊伍，就是不出城作戰。

張飛心生一計，讓大部分的軍士都在寨內等待，只派三、五十個士兵前去罵陣，想引誘嚴顏出城廝殺。但是連罵了三天，還是一點反應也沒有。張飛見誘敵無效，又心生一計，派軍士四處砍柴，尋找路徑，不再搦戰。嚴顏在城中，一連幾天都不見張飛動靜，心生疑惑，派十多個小兵，扮成張飛的砍柴的軍士，偷偷出城，混入蜀軍中，入山探查虛實。

當天軍士回寨，張飛坐在寨中，故意頓足大罵：「嚴顏這個老匹夫，真是氣死我了。」

小兵回答：「將軍不用心急，這幾天已經打聽到一條小路，可以越過巴郡。」

張飛故意大叫：「既然有小路，為什麼不早報告呢？」

小兵回答：「這幾天才找到的。」

張飛回答：「事不宜遲，今天晚上二更造飯，三更拔寨，人啣枚，馬去鈴，偷偷前行，我親自在前面開路，你們依次而行。」

於是傳令全寨人馬，飽食待命，準備夜晚拔寨前行。

嚴顏的軍士得到蜀兵準備拔寨的消息，都趕緊回巴郡向嚴顏報告。嚴顏大喜，認為張飛終於無法忍耐，已經中計，便吩咐士兵在樹林處埋伏，等到張飛本人路過之後，如果車仗來到就鳴鼓，只要聽到鼓聲，所有軍士一起殺出，劫取糧草。當天晚上嚴顏率領全軍悄悄出城，在小路附近四處埋伏。

大約三更時候，遠遠看見張飛親自在前，率領士兵悄悄前進。離開三、四里之後，蜀兵的糧草、車仗才緩緩來到。嚴顏見機不可失，命士兵大擂鼓聲，四周的伏兵正準備搶奪車仗，背後一聲鑼響，一路驃悍的蜀軍殺來，有人大喝：「老賊不要走，我已經等你很久了。」嚴顏猛回頭，看見一位豹頭環眼，燕頷虎鬚，拿著丈八蛇矛的將領，原來正是張飛。四邊鼓聲大震，喊聲大響，所有的蜀軍一起殺來。嚴顏突然看見張飛，手足無措，刀法大亂，一不小心被張飛活捉生擒。嚴顏的軍士看見主將被擒，也都棄械投降。

【說計解謀】

《孫子兵法・用間篇》上提到「反間者，因其敵間而用之」就是想辦法讓敵方間諜變成我們可以妥善運用的對象。敵方間諜通常是被派來打探我方消息的人，所以如果我們要散播假消息，敵方間諜正是最好的運用途徑。

張飛在無論如何搦戰都無法逼嚴顏出城作戰的情況下，故意教士兵砍柴尋找小路，讓嚴顏的川兵有機會混入砍柴者的行列中，再散播將利用夜晚從小路偷過巴郡的消息，讓川兵回報嚴顏，引誘嚴顏埋伏、劫糧。

接著張飛命人假扮自己，率軍前行，讓嚴顏誤認為張飛在前軍，可以肆無忌憚地搶奪車仗了。張飛自己則躲藏在車仗之中，等到嚴顏鼓聲響起，準備劫糧，張飛突然率兵攻擊。嚴顏在始料未及的情況下，束手就擒。

張飛這次「反間計」運用得當，不只奪得巴郡，還勸降嚴顏，影響到之後四十五處關隘自動投降，讓蜀軍長驅直入到雒城。張飛一計不成，一計又生的智謀，擺脫早期勇而無謀的莽將性格，成功地轉型成為智勇兼備的智將。

——第33計——反間計——之5——

造僞書孔明施計，中反間高定戮友

《三國演義》第八十七回，蠻王孟獲率領十萬蠻兵侵犯邊境，建寧太守雍闓、牂牁郡太守朱褒、越雟郡太守高定三人聯合孟獲造反，只有永昌太守王伉不肯同流合污，堅守永昌城，但是情勢非常危急。孔明得到消息之後，親自率領五十萬蜀兵，準備平定南蠻。

雍闓聽說孔明親自率領大軍攻擊，便與高定、朱褒商議，三人兵分三路，各率領五、六萬兵馬迎敵。高定命令鄂煥為先鋒，迎戰蜀兵。

孔明率領大軍已經來到益州邊境，蜀軍的先鋒魏延，副將張翼、王平在邊境正好遇上鄂煥的兵馬，兩軍對陣，魏延先詐敗逃走，顎煥急急追趕，張翼、王平埋伏的兵馬乘機包圍鄂煥，鄂煥無法抵擋，被魏延等三人生擒，押到大寨見孔明。孔明命人擺設酒宴款待鄂煥。

孔明問：「你是誰的部將？」

鄂煥回答：「我是高定的部將。」

孔明說：「我知道高定是一個忠義的人，現在只是因為雍闓的蠱惑才會叛變。我現在放你回營，請你轉告高太守早日歸降，以免有殺身之禍。」

鄂煥拜謝孔明後回營見高定，訴說孔明的恩德，高定內心也感激不盡。第二天雍闓到高定的營寨。

雍闓問：「孔明是什麼原因放鄂煥回營？」

高定回答：「因為孔明是一個仁慈的人。」

雍闓說：「這是諸葛亮的反間計，想要讓我們兩人不和，故意這樣做，你一定要小心提防。」

高定半信半疑，心中猶豫。忽然有蜀兵攻擊的消息，雍闓親自率領三萬兵馬迎戰。雍闓無法抵擋蜀兵凌厲的攻擊，退兵二十餘里，魏延乘機追殺。第二天，雍闓率兵攻擊蜀寨，孔明並不理會，一連三日都是如此。第四天，雍闓、高定分兩路兵馬攻擊蜀寨。孔明早就命令魏延分兵兩路埋伏。雍闓、高定的兵馬才來到蜀寨，就被伏兵殺傷大半，生擒者多不勝數，都押解到大寨去。雍闓的人馬囚禁在一邊，高定的人馬囚禁在另一邊。孔明暗中命令軍士散播謠言：「只要是高定的人馬就免除死罪，但如果是雍闓的人馬就要斬首。」一會兒，孔明命令軍士押解雍闓的人到寨前。

孔明問：「你們是誰的軍士啊？」

雍闓的軍士害怕被砍頭，都回答：「我們是高定的軍士。」

孔明說：「既然是高定的軍士，就釋放你們回營。」

孔明說完，命令士兵解開俘虜的繩索，以酒宴款待俘虜，然後派人送他們出寨回營。接著，孔明又命令士兵押解高定的軍士到寨前。

孔明問：「你們是誰的部將啊？」

軍士們回答：「我們才真的是高定的軍士啊！」

孔明說：「雍闓今天已經派人投降，要以高定及朱褒的首級作為禮物，我一向知道高定是忠義的人，所以不忍心見他被殺害，你們既然是高定的軍士，這次放你們回營，不要再反叛了，否則決不輕饒。」

孔明說完，一樣賜酒食給高定的軍士，派人送他們回寨。

高定的軍士回營之後，向高定訴說孔明的恩德，並告訴高定，雍闓的軍士怕被斬首，都冒充是本部的軍士。高定派人到雍闓的營寨打探消息，知道許多雍闓的軍士感念孔明不殺之恩，都有歸順高定的意圖。高定又暗中派一人到孔明寨中打探消息，但是被巡邏的蜀兵捉住，押去見孔明。孔明故意誤認為是雍闓的人，將此人喚入帳內。

孔明問：「你的元帥既然答應獻上高定及朱褒的首級，為什麼到現在還沒送來？你這麼不小心，怎麼能夠作間細呢！」

小兵含糊回答。孔明以酒食為小兵壓驚，又寫一封密信，交給小兵，吩咐說：「把這封信交給雍闓，教他趕快下手，不要再誤事了。」小兵拜謝孔明之後，拿信回營見高定，將雍闓所做之事一一稟明。高定看完書信後大怒，請鄂煥前來商議。

鄂煥說：「孔明是一個仁義的人，背叛他會遭不祥災禍。我們這次起兵造反，都是因為雍闓的緣故；而雍闓現在卻準備殺害我們投降孔明，不如我們先殺死雍闓，投降孔明。」

高定說：「要怎麼下手呢？」

鄂煥回答：「可以擺設酒宴，款待雍闓。如果雍闓光明磊落，前來赴宴，就可以證明他並無二心；如果雍闓不敢來赴宴，一定是作賊心虛。屆時請太守率大軍正面攻打雍闓，我則率領一部分兵馬在雍闓的寨後埋伏，這樣一定可以順利擒捉雍闓。」

高定依照顎煥的建議，擺設酒席宴請雍闓。雍闓因為前日軍士被放回時都說：「只要是高定的軍士就無罪釋放。」害怕高定已經投降孔明，會藉機謀害自己的性命，於是不敢赴宴。當天晚上，高定率領大軍攻擊雍闓。雍闓被孔明釋回的士兵，原本就想歸順高定，都乘機幫助高定，雍闓的兵馬也因此不戰自亂。雍闓無法控制情勢，從寨後的小路逃跑，在措手不及的情況下，被埋伏的鄂煥一戟刺死，他手下的軍士都投降高定。高定捧著雍闓的首級，率領兩郡的兵馬到孔明寨前投降。孔明忽然喝令衛士擒住高定，準備斬首。

高定說：「我感念丞相的大恩大德，所以斬殺雍闓，前來投降，丞相為何還要斬殺我呢？」

孔明拿出一封信，對高定說：「朱褒已經暗中派人送來降書，說你和雍闓是生死之交，怎麼會無故殺害雍闓，所以我知道你是詐降。」

高定說：「這是朱褒的『反間計』，丞相千萬不要相信啊！」

孔明回答：「單憑你的一面之辭，我也很難相信，你如果能捉到朱褒，那就可以證明你的真心了。」

高定說：「丞相不要再懷疑了。我現在去擒捉朱褒來見丞相，可以嗎？」

孔明說：「如果能捉到朱褒，那我就不會再懷疑你了。」

高定於是率領鄂煥及手下兵馬攻擊朱褒的營寨。朱褒恰好出寨巡視，看見高定的大軍前來，急忙與高定答話。高定大罵：「你為什麼寫信給丞相，以『反間計』陷害我?!」朱褒不了解高定話中的含意，目瞪口呆，在沒有防備的情況下，被鄂煥一戟刺死。朱褒的部下看見主將被殺，都投降高定。高定率領所有的兵馬來見孔明，獻上朱褒的首級於帳前。孔明大喜，任命高定為益州太守，統率三郡兵馬。

【說計解謀】

《孫子兵法・用間篇》上提到「故三軍之事，莫親於間，賞莫厚於間，事莫密於間，非聖智不能用間，非仁義不能使間，非微妙不能得間之實。微哉微哉！無所不用間也」說明了「間」是作戰時一項非常重要的工具，對待間諜要特別優厚，以仁義之心來感化他，如果不能察覺其中的奧妙之處，就不能運用「間」，否則反而會遭逢禍害。

「反間計」的「疑中之疑，比之自內」的要旨是當敵人內部出現彼此懷疑的時候，就是我們使用「間」的最好時機，只要運用得當，必定可以加深敵人內部的裂痕，削弱敵人自己的力量。

孔明先對俘虜的士兵散播只要是高定的部將即可免罪的消息，讓雍闓的士兵對雍闓信心動搖，轉而支持高定。也讓雍闓懷疑高定可能與孔明勾結，所以士兵才會獲得釋放。當蜀兵捉到高定派來打探消息的小兵時，孔明故意誤認為是雍闓的間細，而加以責罵，並交給小兵一封祕密信函，讓小兵回報高定，雍闓已經投降的假訊息，引起高定的憤怒與懷疑。當高定宴請雍闓時，雍闓因為恐懼遭到高定的謀害而不敢赴宴，高定因為認為雍闓是投降孔明而作賊心虛，所以立即攻擊雍闓。

高定投降孔明時，孔明再一次偽稱朱褒已經來信投降，讓朱褒在不明不白的情況下遭到鄂煥的殺害。孔明兩次施展「反間計」，破壞雍闓、高定、朱褒的結盟關係，輕易地平定三郡造反的兵馬，完全呼應《孫子兵法・用間篇》中所提到的「微哉微哉！無所不用間也」的作戰原則。

諸葛亮作反書昭告天下，司馬懿卸兵權罷歸田里

《三國演義》第九十一回，建興四年五月，曹丕感染寒疾病危，召曹真、陳群、司馬懿到寢宮交付後事，命曹真等人擁立曹叡為帝，共同輔佐朝政。消息傳入西川，孔明大驚說：「曹丕已死，曹叡新立為帝，魏朝文武官員都不足為慮，只有司馬懿深諳韜略，現在又統率雍州、涼州的兵馬，如果訓練完成，以後一定會成為西蜀大患。」於是想先發制人，率領兵馬攻擊雍、涼二州。參軍馬謖認為軍士才剛平定南蠻，都非常疲憊，現在應該讓他們休養生息，不應該再遠征。對付司馬懿適合用智取，可借曹叡之手除掉他，避免正面交戰。

孔明問：「幼常（馬謖的字），你有什麼好建議嗎？」

馬謖回答：「司馬懿雖然是魏國大臣，但是曹叡一向都對他懷疑猜忌。只要派人到洛陽、鄴郡散播司馬懿準備造反的消息；再偽造司馬懿造反的榜文，昭告天下，在洛陽城牆四處黏貼，引起曹叡心疑，司馬懿性命就會不保。」

孔明依照馬謖的計謀進行。有一天，在鄴郡城牆上貼有司馬懿謀反的告示，守衛士兵趕緊撕下，呈給曹叡。曹叡看完告示，心中大驚，急忙請大臣商議。

華歆說：「司馬懿自願統率雍、涼二州的兵馬，就是為了造反。當初太祖武皇帝（曹操）曾經告訴臣：『司馬懿鷹視狼顧，不可以交給他兵權；否則，時間一久，一定成為國家的禍患。』現在司馬懿已經造反，應該馬上誅殺。」

王朗說。「司馬懿熟知兵法，深明韜略，而且心懷大志；如果不早一點剷除，一定會變成禍害。」

曹叡於是降旨，準備整頓兵馬，御駕親征。忽然朝班中有一人出列稟奏，原來是大將軍曹真。

曹真說：「千萬不能草率行事，當初文皇帝託孤，就認為司馬懿決不會心懷二志。現在榜文之事都還未能分辨真假，突然率兵攻擊，會逼迫司馬懿不得不反。也許是吳、蜀的間細，想要破壞我君臣的情感，而故意安排『反間計』，他們再乘虛攻擊。所以，請陛下一定要仔細探察。」

曹叡說：「司馬懿如果真的造反，那該怎麼辦？」

曹真回答：「如果陛下心疑，可以仿效以前漢高祖偽遊雲夢之計（指劉邦用陳平的計謀，以遊玩雲夢為藉口，誘騙韓信親自迎接，再擒捉韓信），御駕前往安邑遊玩，司馬懿一定會親自迎接，再乘機擒捉。」

曹叡依照曹真的建議，親自帶領御林軍十萬人，直接到安邑。司馬懿並不了解箇中原因，想要讓曹叡知道自己治軍有素，所以特別整頓兵馬，率領嚴整的軍士迎接。有近臣告訴曹叡，司馬懿率領數萬兵馬前來，一定是造反。曹叡大驚，命令曹休率兵迎戰。司馬懿看見兵馬奔來，以為曹叡御駕親臨，便到道旁跪拜迎接。

曹休說：「仲達，先帝託付給你輔佐天子的重責大任，你為什麼造反呢？」

司馬懿大驚失色，汗流遍體，問曹休為什麼會有這種疑慮，曹休才說明鄴郡發現榜文之事。

司馬懿說：「這一定是吳、蜀設下的『反間計』，想要讓我們君臣自相殘殺，他們再乘機攻擊。我要親自向陛下說明。」

司馬懿急忙命令軍士退回營寨，單獨一人到曹叡金輦之前哭泣、跪拜。

司馬懿說：「臣受到先帝託孤的重責大任，怎麼會有二心呢?!現在這種情況，一定是吳、蜀的奸計。臣自願率領兵馬，先擊敗西蜀，再討伐東吳，以報答先帝知遇之恩，表明臣的心志。」

曹叡猶豫未決，不知如何裁奪。華歆上奏說：「不可再將兵權交付給司馬懿，應該命令他卸甲歸田。」曹叡採納華歆的意見，命令司馬懿卸下兵權回鄉，讓曹休統率雍、涼二州的軍馬，而後移駕回洛陽。

【說計解謀】

「反間計」中「疑中之疑」就是表示敵人內部有猜忌，我們才有機會施展「反間計」，與《孫子兵法．計篇》中的「親而離之」有相同的意涵，必須先讓敵人內部產生間隙，破壞敵人團結，才有機會進一步消滅敵人。

孔明以流言及榜文施展「反間計」，引起曹叡的疑慮，輕易地卸除司馬懿的兵權，讓熟知兵法、胸有良謀的司馬懿無用武之地。《孫子兵法．用間篇》中曾提到：「故三軍之事，莫親於間，賞莫厚於間，事莫密於間。非聖智不能用間，非仁義不能使間，非微妙不能得間之實。微哉，微哉！無所不用間也。」該書十三篇中，「用間篇」就佔了一篇，可見孫武對「間」的重視，也可知道「間」對於戰爭的影響有多麼深遠了。

——第34計——

苦肉計

【計文】

人不自害，受害必眞，假眞眞假，間以得行。童蒙之吉，順以巽也。

【解說】

人一般都不會殘害自己，所以只要受到傷害，都會讓別人認為這是真的，其中沒有陰謀。利用傷害自己，引導敵人錯誤的直覺，作出錯誤的判斷，「間」才能夠順利進行。就像《易經》中的「蒙」卦，表面上順著敵人的思維模式進行活動，以矇騙敵人，當敵人怠於防備時，就能順利擊敗敵人。

藉醉酒巧使反間計，信降卒不識死間謀

《三國演義》第二十二回，曹操準備攻擊袁紹，為了防範劉備乘虛攻擊，命令劉岱、王忠兩人率領五萬兵馬，打著曹操旗幟，攻擊徐州。劉岱、王忠在離徐州一百里的地方下寨，雖然虛張曹操旗號，卻不敢進兵，只派人打聽曹操在河北的情況。劉備在徐州並不清楚曹操的動向，只能派人打聽河北的情況，也不敢輕舉妄動。忽然，曹操派人催促劉岱、王忠發動攻勢。兩人協議，由王忠先率領兩萬五千人攻擊徐州，劉岱在寨中守候，作為支援。

劉備得到曹軍來攻的消息，與陳登商議。

劉備說：「袁紹雖然在黎陽屯兵，無奈謀臣之間水火不容，遲遲未發動攻擊。曹操本人不知去向。聽說黎陽的曹軍並沒有曹操的旗幟；怎麼這裡卻有曹操的旗幟？」

陳登回答：「曹操詭計多端，一定親自在河北督軍，準備與袁紹對抗，但是又害怕我們發動攻擊，所以在這裡虛張旗號。我認為曹操一定不在這裡。」

劉備說：「兩位賢弟，誰可以打探虛實？」

關羽自告奮勇，率領三千人馬出徐州城。當時正是初冬，雪片紛飛，兩軍冒雪對陣。

王忠說：「丞相已經在這裡，為什麼還不投降？」

關羽說：「請丞相答話吧！」

王忠說：「丞相怎麼能夠輕易見你。」

關羽大怒，提刀殺向王忠，王忠急忙舉鎗相迎，兩人才交鋒，關羽就撥馬回頭，王忠急忙追趕。來到山後，關羽突然回頭掩殺，王忠無法抵擋，正準備奔逃，卻被關羽扯住戰甲，拖下馬來，押回徐州城。

劉備問：「你是誰？居然敢假冒曹丞相？」

王忠回答：「我怎麼敢偽冒丞相呢？我奉命以丞相旗幟虛張聲勢，作為疑兵。丞相其實不在這裡。」

玄德派人送酒食給王忠壓驚，也無法肯定王忠所言是真是假？所以命人暫時押王忠入監。張飛自告奮勇要擒拿劉岱。

劉備說：「劉岱當初是兗州刺史，虎牢關討伐董卓的時候，也是一方諸侯，不能夠輕敵。」

張飛回答：「劉岱不足以和我對抗，我也像二哥擒王忠一樣，將他生擒回寨。」

劉備說：「你如果傷了他的性命，會誤我大事。」

張飛回答：「劉岱如果傷了毫髮，我以性命賠償。」

劉備於是命令張飛率領三千兵馬攻打劉岱。劉岱知道王忠已被俘虜，堅守營寨不出戰。張飛每天在寨前叫罵，劉岱聽到張飛的聲音，更不敢出寨。經過幾天，張飛見劉岱躲著不肯出來，心生一計，命令軍士準備今夜二更劫寨。白天卻故意在帳中飲酒裝醉，找小兵麻煩，無故將小兵痛打一頓之後，綑綁在營中，對小兵說：「等我今晚劫寨時，再殺你祭旗。」暗中卻叫守衛的軍士，為小兵鬆綁。小兵脫逃之後，為了報復張飛，直接到劉岱的營中，向劉岱報告張飛準備利用夜晚劫寨。劉岱見前來投降的小兵滿身是傷，於是深信不疑，命令士兵在寨外埋伏。

當天晚上，張飛兵分三路，中間派三十個士兵劫寨放火，另外，分佈兩路人馬到劉岱的寨後，只要看見火燒營寨，就進行夾擊。約三更時分，張飛率領精兵截斷劉岱的後路，中路三十餘人先衝入寨中放火。在寨外埋伏的劉岱兵馬正準備衝入營寨，忽然張飛的兩路精兵殺到。劉岱的兵馬陣腳大亂，無法判斷張飛的人馬到底有多少，各自潰散。劉岱眼見勢不可為，急忙率領殘軍從小路奔逃，張飛早已在路上等候，小路狹隘，無法躲避；兩人交鋒只幾下子，劉岱被張飛生擒回徐州城。

【說計解謀】

「苦肉計」中「人不自害，受害必真，假真真假，間以得行」的要旨說明了運用「苦肉計」的目的是為了讓「間」能夠成功地散播我們所要散播的消息，進一步達到我們的預設目的。

《孫子兵法・用間篇》上提到「死間者，為誑事於外」說明了運用「死間」的目的就在於散播假消息，一旦敵人上當後，發現間諜散播的是假消息，這個間諜必定死路一條，所以稱為死間。

張飛在屢次無法引誘、逼迫劉岱出城作戰的情況下，先散佈夜晚劫寨的消息，然後藉酒裝醉鞭打小兵，再威嚇小兵將於劫寨前殺頭祭旗。卻暗中命令守衛軍士放小兵逃走，小兵不滿張飛，心生報復，成了一名「死間」，逃往劉岱營中通風報信。劉岱看見小兵滿身傷痕，就不會懷疑消息的真實性，而採取反劫寨的埋伏行動，不料張飛真正的目的卻是執行反埋伏行動。張飛這次以「苦肉計」加諸在「死間」小兵的身上，才能順利擒捉張岱，更完全符合「苦肉計」中「間以得行」的真義。

—第34計—苦肉計—之2—

黃蓋受脊杖皮開肉綻，闞澤獻降書能言善道

《三國演義》第四十七回，赤壁之戰時，曹操被孔明用「混水摸魚」之計，以草船借走十五、六萬枝箭之後，非常懊惱。荀攸認為蔡瑁才被斬首，如果蔡瑁的弟弟蔡中、蔡和能夠詐降，到東吳打探消息，那麼周瑜一定不易懷疑。曹操於是命令蔡中、蔡和兩人到東吳為間細。

周瑜正在整頓軍備，蔡和、蔡中已經來到帳外請降。周瑜命令二人入帳。蔡和、蔡中泣訴蔡瑁被斬之事，並表示痛恨曹操，所以來投降，自願為吳軍衝鋒陷陣，以報殺兄之仇。周瑜假裝大喜，重賞兩人，編配兩人到甘寧的營隊中。周瑜暗中告訴甘寧，蔡中、蔡和兩人只是詐降，但是還有通報消息的利用價值，所以吩咐甘寧一定要特別注意兩人的行動。

當天晚上，周瑜在帳中處理軍事，黃蓋偷偷進入軍帳面見周瑜。

周瑜問：「公覆（黃蓋的字），你這麼晚還來軍帳，一定有什麼好計謀賜教吧！」

黃蓋回答：「曹軍眾多，如果繼續僵持下去，情勢恐怕會對我方不利，為什麼不用火攻呢？」

周瑜問：「是誰教你這個計謀？」

黃蓋回答：「這是我自己的想法，並沒有與別人討論過。」

周瑜說：「我正想用這個方法，所以才留蔡中、蔡和兩人傳達消息，但是還找不到適當的人，為我進行詐降的計謀。」

黃蓋回答：「我自願擔當這項任務。」

周瑜說：「如果沒有受到一點傷害，曹操恐怕不會相信。」

黃蓋回答：「我蒙受孫家深厚的恩情，就是要我肝腦塗地，我也不會後悔。」

周瑜起身拜謝黃蓋，肯犧牲自己，成全大局。

第二天，周瑜聚集所有將領，宣達命令。

周瑜說：「曹操率領百萬雄兵，並不是短時間可以擊敗。現在各位將領請領取三個月的糧食，準備作長久的防禦。」

黃蓋起身回答：「不要說三個月，就是三十個月也無濟於事。如果這個月能擊退曹軍，就發動攻擊，如果不能擊退曹軍，不如依張昭的建議，倒戈投降。」

周瑜勃然大怒：「我奉主公的命令督軍破曹，如今兩軍對陣之際，你卻散播謠言，怠慢軍心；不將你斬首示眾，以後如何領軍破敵！」

周瑜說完，即命令軍士將黃蓋推出營外斬首。

黃蓋大怒回答：「我自從追隨破虜將軍（孫堅）殺敵，到現在已經歷經三代了，當初你還不知道在那裡呢！」

周瑜大怒，命令士兵快將黃蓋推出斬首，甘寧求情，也被周瑜命人亂棒打出。許多與黃蓋同事多年的將官，看見黃蓋即將被推出斬首，急忙一起向周瑜求情。

眾將苦苦哀求說：「黃蓋雖然應該斬首，但是面對強敵，還未出兵就先誅殺將官，會出師不利。希望都督暫時寬恕，等到擊敗曹操之後，再斬首也不遲。」

周瑜回答：「如果不是眾將求情，今天一定要將你斬首！現在先饒你死罪，但是活罪難逃。」

周瑜說完，命令軍士掀開黃蓋衣服，當庭打一百脊杖，以懲其罪。打了五十脊杖，黃蓋已經皮開肉綻，昏厥在地了。眾官又苦苦哀求，周瑜痛責黃蓋一番，才令軍士停手，自己則怒氣未消，進入後帳。

黃蓋被士兵扶著回營，許多將領前來慰問，但是黃蓋只有長吁短嘆而已。小兵傳報，參謀闞澤前來慰問，黃蓋請眾人先回營，再與闞澤見面。

闞澤問：「將軍與都督有仇嗎？」

黃蓋回答：「沒有。」

闞澤說：「那麼將軍受責罰，是為了苦肉計嗎？」

黃蓋回答：「你怎麼知道？」

闞澤說：「我看周瑜的舉止，就已經猜到了。」

黃蓋回答：「我蒙受吳侯三代深厚的恩情，沒有機會報答，現在為了擊敗曹操，雖然受了一些折磨，但並不遺憾，目前軍中，只有你最有膽識及忠義，所以我才據實相告。」

闞澤說：「將軍的意思，莫非是要我到曹營獻降書嗎？」

黃蓋回答：「我就是這個意思，不知道你同意嗎？」

闞澤說：「事不宜遲，應該馬上進行。」

闞澤拿了降書，利用晚上扮作漁翁，駕小船直接到曹操的水寨，被巡邏的江南軍士逮捕，押送到軍帳中見曹操。

曹操問：「你既然是東吳的參謀，來這裡做什麼？」

闞澤回答：「人家都說曹丞相求才若渴，現在看這種情況，傳言並不可靠。——黃公覆，你又錯了！」

曹操問：「我和東吳隨時都可能交兵，你私自來這裡，我難道不應該問？」

闞澤回答：「黃公覆是東吳三代老臣，今天卻被周瑜無故毒打，因此想要投降丞相，報此深仇大恨，特哀求我代為轉達。我和公覆情同手足，所以冒生命危險呈獻降書，不知丞相意向如何？」

曹操拿降書反覆觀看，忽然拍案大怒說：「黃蓋用苦肉計，命你獻詐降書，然後設計我，你真是大膽！」

說完命軍士拿下闞澤，推出營外斬首。闞澤面不改色，仰天大笑。

曹操怒聲叱責：「我已經識破你的奸計，你還大笑？」

闞澤回答：「我是笑黃公覆有眼無珠，要殺就殺，何必多問。」

曹操說：「我自幼熟讀兵書，像你這種詭計，我早就看出破綻。如果黃蓋真心投降，為什麼不明白約定日期、時間？」

闞澤大笑回答：「還虧你敢誇口自幼熟讀兵書，還是趕快收兵回去吧！一旦交戰，一定會被周瑜擒捉。無學之輩！可惜我死在你的手中。」

曹操問：「為什麼說我是無學之輩？」

闞澤回答：「你不識機謀，不明道理，難道不是無學？」

曹操說：「你倒說說看，我那裡不對？如果說得有理，我自然會對你敬服。」

闞澤回答：「你難道沒聽說過『背主作竊，不可定期』？如果現在約定日期，屆時因為臨時狀況無法下手，這邊人馬卻來接應，那麼事機一定敗露。應該見機行事，怎可預定期限，連這麼淺顯的道理都不懂，不是無學之輩嗎？」

曹操聽完闞澤的回答，向闞澤道歉，並取酒款待闞澤。一會兒，有人入帳，在曹操耳邊私語，向曹操呈獻密函。曹操看信時，喜形於色。闞澤心中已經猜到是蔡中、蔡和向曹操通報黃蓋受刑的消息，曹操認為闞澤投降是真心的，所以一臉歡喜。

曹操看完書信，與闞澤談論以後的行動。

曹操說：「麻煩先生再回江東，與黃公覆約定，要過江，先通報一聲，我會帶兵去接應。」

闞澤回答：「我已經離開江東，不能再回去了，還是請丞相派心腹之人去吧！」

曹操說：「如果派其他人，事機恐怕會洩露，還是勞煩先生奔走。」

闞澤再三推辭，考慮很久才回答：「如果要我回江東，那就不能再停留了，否則離開太久，別人會起疑。」

闞澤說完就辭別曹操，再駕小舟回到江東，面見黃蓋之後，來到甘寧寨中，打探蔡中、蔡和的消息。

闞澤說：「將軍昨天為了救黃公覆，被周瑜羞辱，我實在為將軍打抱不平。」

甘寧微笑而不回答。兩人正在談話，蔡中、蔡和來到帳中。闞澤以眼神暗示甘寧，甘寧心領神會，故作憤怒地回答：「周瑜自認為很有才能，完全不將我看在眼裡，在眾人面前羞辱我，讓我無臉見人。」說完，拍案大怒、咬牙切齒。

闞澤走到甘寧身邊，在甘寧耳旁低聲細語。甘寧低頭不答，長嘆數聲。蔡和、蔡中看見甘寧、闞澤都有背叛周瑜的意念，趁機進言。

蔡和說：「兩位莫非想背叛周瑜、投靠曹操嗎？」

甘寧拔劍說：「事機已經敗露，一定要殺你滅口。」

蔡和說：「兩位不要擔心，我是丞相派來詐降的人，如果二位有歸順的念頭，我一定幫二位引進。黃公覆與將軍被羞辱的事，我已經稟明丞相了。」

闞澤回答：「我已經為黃公覆送降書給丞相，今天特別來見興霸（甘寧的字），相約投降。」

於是四人飲酒談論心事，蔡和、蔡中隨即寫信向曹操報告，說闞澤、甘寧有意為內應。闞澤另外寫信告訴曹操，黃蓋投降的時候，會將青牙旗插在船頭作為信號。

最後黃蓋利用詐降的機會，駕著裝滿魚油的小船，衝向曹操陣營的連環船，造成曹操赤壁之戰致敗的關鍵因素。

【說計解謀】

「周瑜打黃蓋」堪說是《三國演義》中苦肉計最典型的例子。

「苦肉計」中「人不自害，受害必真，假真真假，間以得行」表示人不可能自己傷害自己，如果遭到傷害表示是真的讓別人傷害了，運用這種假假真真的的方法，讓敵人猜不透真正的情況，「間」才能夠順利完成任務。

《孫子兵法‧用間篇》上提到「反間者，因其敵間而用之」說明了運用敵人間諜來達到我們預期的目的，就稱為「反間」。又提到「生間者，反報也」說明了「生間」的作用，是為了奔波在敵我之間回報消息。

周瑜見到蔡中、蔡和，就已經知道兩人是間細，卻故意不揭發，讓兩人作為「反間」之用。又故意與黃蓋演了一齣「苦肉計」，打得黃蓋皮開肉綻，用以取信曹操。再由闞澤這位「生間」送黃蓋的降書給曹操。

曹操則故意以「打草驚蛇」的方法，拍案大怒試探闞澤，但是膽識過人的闞澤毫不驚慌，從容地應對，鬆懈曹操的疑慮。等到蔡和的密信送來，兩「間」齊行，曹操喜形於色，不再懷疑。曹操請闞澤回東吳傳達訊息；闞澤故意以「欲迎還拒」的方法推托，最後考慮很久才答應。如果闞澤暴露急於返回東吳的訊息，精明、謹慎的曹操一定會再一次產生疑慮。

闞澤回東吳後與甘寧演了一齣唱作俱佳的「雙簧」，誘騙蔡中、蔡和兩人向曹操證實黃蓋、甘寧、闞澤的投降是真心的。周瑜這次「苦肉計」能夠成功，黃蓋的脊杖之痛雖然功不可沒，但是闞澤的從容應對才是關鍵。所以赤壁之戰能夠順利擊敗曹操，闞澤居功厥偉。

行苦肉周魴割髮，信僞言曹休興兵

《三國演義》第九十六回，孫權在武昌東關聚集眾官商議。

孫權說：「鄱陽太守周魴已經呈上密表，奏稱魏國揚州都督曹休有興兵攻擊的企圖。現在周魴施計設謀，暗中向曹休陳述可以發動攻擊的七個原因，藉以引誘魏兵深入重地，我軍應該預先埋伏兵馬，等待遠來疲頓的魏兵。魏兵現在已經分三路發動攻擊，請各位發表高見。」

顧雍建議由陸遜擔任統軍元帥。孫權採納顧雍的意見，命令陸遜為輔國大將軍、平北都元帥，朱桓為左都督，全琮為右都督，率領江南大軍迎敵。陸遜命令諸葛瑾駐守江陵，抵擋司馬懿。

曹休領兵已經接近皖城，周魴親自迎接，直接到曹休的營帳拜見。

曹休問：「最近看到你所提可以伐吳的七個理由，覺得非常有道理，所以奏明陛下，率領大軍兵分三路攻擊。如果能夠順利攻佔吳國，你的功勞最大。有人說你足智多謀，所說的話恐怕不可靠，我想你應該不會欺騙我吧！」

周魴聽完大哭，拿出佩劍準備自殺，曹休急忙制止。

周魴說：「我誠心陳述七個伐吳的理由，完全出自肺腑，現在卻令你懷疑，一定有吳國人故意以『反間計』害我。將軍如果相信，我只有以死明志。」說完，又準備自殺。

曹休大驚，急忙抱住周魴說：「我只是開玩笑，你又何必認真呢！」

周魴於是用劍割下頭髮，擲在地上說：「我以至誠的忠心對待將軍，將軍卻對我開這種玩笑；現在我割下父母留給我的頭髮，作為信誓，表明我的心志。」

曹休於是對周魴不再懷疑，設宴加以款待，酒過數巡，周魴才辭別曹休回營。周魴一離開，建威將軍賈逵就來訪。

曹休問：「你來這裡有什麼要事嗎？」

賈逵回答：「我認為東吳的兵馬，一定集中在皖城，都督不要輕易攻擊，如果我們分兩路進攻，一定可以順利擊敗吳兵。」

曹休生氣地說：「你是想與我爭奪勝利的功勞嗎？」

賈逵回答：「我剛剛聽說周魴割髮為誓，其中一定有詭計。春秋時代，刺客要離為了刺殺吳國太子慶忌，故意砍斷自己的手臂，以取信於慶忌。所以周魴割髮的陰謀，不要輕易相信。」

曹休大怒：「我正要發動攻擊，你卻散播謠言，動搖軍心。」

曹休命令軍士將賈逵推出營外斬首，許多將領為賈逵求情，曹休才怒意漸消，命賈逵留在營中，自己則整頓兵馬攻擊東關。周魴聽說賈逵被削去兵權，立即偷偷派人到皖城通報陸遜。陸遜隨即命令徐盛為先鋒，在石亭埋伏兵馬。

曹休命令周魴引導兵馬前行，周魴來到石亭，建議曹休屯兵休息，曹休採納周魴的意見，命令士兵在石亭駐紮。第二天，哨兵回報前面有許多吳兵包圍山口。曹休大驚，急忙派人尋找周魴，周魴早已離開，不知去向。

此時，曹休才知中計，但是憑恃兵馬眾多，強逞血氣之勇，命令張普為先鋒，繼續進軍。才行不久，吳將徐盛擋在路前，兩軍交戰，張普無法抵擋勇猛的徐盛，收兵退回營寨見曹休，曹休命令張普率領兩萬人馬到石亭南方埋伏，又命令薛喬率領兩萬人馬到石亭北方埋伏，準備第二天親自率領一千人搦戰，再佯裝失敗，引誘吳軍到石亭附近，放砲作為信號，埋伏的兵馬一起發動攻擊，三方夾擊，一定可以大獲全勝。

另一方面，陸遜吩咐朱桓、全琮兩人各率領三萬兵馬，利用夜晚從石亭小路殺到曹休營寨，放火為號，再命令徐盛率兵從正面攻擊。當天二更，朱桓率領三萬兵馬來到魏寨之後，恰好遇到張普埋伏的兵馬，張普還弄不清狀況，已經被朱桓斬殺，魏兵都慌亂逃走。朱桓立刻命令士兵衝入營寨放火。全琮的兵馬到魏寨後面，恰好遇到薛喬埋伏的魏兵，薛喬沒有防備，也大敗而逃。曹休的營寨火光四起，魏兵大亂，朱桓、全琮、徐盛三路吳兵夾殺。曹休大驚，往夾石小路逃走，遇到賈逵率兵救援。於是曹休快馬疾行，由賈逵斷後。賈逵在樹林茂密及險峻小路，插上許多旌旗作為疑兵。徐盛率領兵馬趕到時，看見山坡中有一些隱露的旗角，怕有魏兵埋伏，因而不敢繼續追擊。

【說計解謀】

《孫子兵法・虛實篇》上提到「凡先處戰地而待敵者佚，後處戰地而趨敵者勞，故善戰者，致人而不致於人。」說明了先在預設的戰爭位置等待敵人者佔優勢，後來才趕到作戰地形的人必定疲累，所以善於作戰的將領，會讓敵人隨著我們的節奏起舞，而不會隨著敵人的節奏起舞。

周魴預先請孫權派遣大軍在預定位置等待魏軍，然後向曹休提出七個應該攻擊東吳的理由，游說曹休攻擊東吳。周魴面見曹休時，看曹休對自己懷有疑慮，立即作態拔劍自殺，而後再割髮為誓，以取得曹休的信任，引誘曹休率領兵馬到早已有陸遜大軍駐守的皖城，讓曹休千里奔波的情況下，遭遇預期中的失敗，折損數萬兵馬、糧食、器械，造成魏國國力不小的損失。周魴施展的這招「苦肉計」，可說非常成功。

連環計

——第35計——

【計文】

將多兵衆，不可以敵，使其自累，而消其勢，在師中吉，承天寵也。

【解說】

如果敵人優秀的將領、軍士眾多，而且士氣高昂，不應該只憑血氣之勇，正面對抗敵人。應該設下計謀，讓敵人彼此牽制而消耗力量。《易經・師卦》提到，將帥能夠指揮正確，屢戰屢勝，其最主要的因素是得到君主的信任。上下同心協力，作戰就會像得到神助一般，順利取勝。

爲天下貂蟬獻身，貪女色董卓亡命

《三國演義》第八回，董卓掌握大權，滿朝文武百官都懼怕董卓。王允看到這種情形，夜晚睡不安枕，到後花園仰天流淚。忽然聽到嘆息聲，原來是歌伎貂蟬。

王允問：「妳有什麼私情，為什麼深夜在這裡長嘆呢？」

貂蟬回答：「我並沒有私情。大人對我恩重如山，即使我粉身碎骨，也難報萬分之一。最近大人為了國家大事眉頭深鎖，我又不敢多問，因此長嘆。」

王允看見貂蟬貌美如花，心生一計，向貂蟬叩頭拜伏說：「請妳救救天下蒼生吧！」

貂蟬大吃一驚，也伏地叩首說：「大人不要這樣，只要您吩咐，就算犧牲性命，我也不會辭卻。」

王允說：「現在只有妳能解救天下蒼生，董卓隨時都可能篡位，他有一個義子呂布，驍勇善戰。滿朝文武懼於董卓的權勢及呂布的勇猛，都不敢有所作為。我觀察董卓和呂布兩人都是好色之徒，想要施展『連環計』，先將妳許配給呂布，再獻給董卓。妳利用機會，離間董卓、呂布父子兩人的感情，讓他們反目成仇，再慫恿呂布殺害董卓。如果黎民得以解除倒懸之苦，都是妳的功勞，不知妳是否願意犧牲？」

貂蟬回答：「我已經答應大人，即使犧牲性命，我也不會辭卻，請大人放心開始進行計畫。」

第二天，王允拿出家傳明珠數顆，命工匠嵌造成一頂金冠，暗中派人送給呂布。呂布大喜，親自到王允府中答謝。王允準備佳餚美酒款待呂布。

呂布說：「我只是相府一名將軍，司徒是朝中大臣，為什麼還送我厚禮呢？」

王允回答：「現在天下的英雄豪傑，大概只有將軍一人。我並不是敬佩你的職位，而是敬佩你的才能。」

呂布聽完大喜，連連乾杯。兩人正在觥籌交錯、酒酣耳熱的時候，王允命令貂蟬入內替呂布斟酒。呂布看見貌美如花的貂蟬，驚為天人。兩人眉來眼去，頻送秋波。

王允內心大喜，說：「我想將小女送給將軍作妾，不知將軍意下如何？」

呂布回答：「如果真是如此，將軍以後有吩咐，我一定會報效犬馬之勞。」

王允說：「最近挑一個良辰吉日，再送到將軍府上。」

呂布心中無限歡喜，看著貂蟬，貂蟬也含情脈脈地望著呂布。宴席結束後，呂布再三拜謝後離開。

過了幾天，王允在上朝的時候，看見呂布不在董卓身旁，乘機邀請董卓到府上飲宴，董卓欣然接受。董卓來到王允府中，王允早已擺好宴席等候多時。

王允說：「太師功德浩瀚，超過古時的伊尹、周公。我觀察天文，漢家氣數已盡，太師如果像舜繼任堯帝位的情形，正是符合天理人心。」

董卓回答：「如果天意如此，司徒你一定是開國元勳。」

兩人歡樂飲宴。一會兒，貂蟬入內，彈琴獻舞。董卓看見貌似天仙的貂蟬，歌舞俱佳，不禁醺醺然，讚不絕口。

王允說：「我想將小女獻給太師，不知太師願意嗎？」

董卓回答：「你對我這麼好，我該如何報答？」

王允說：「小女能夠服侍太師，是她的福氣。」

董卓再三道謝，王允準備氈車，先將貂蟬送到相府。董卓也起身告辭。王允親自送董卓回相府，再回自己府衙。行至半路，遇見呂布持戟而來，呂布揪住王允的衣襟，大怒。

呂布問：「司徒既然已經將貂蟬許配給我，為什麼又將她送給太師？司徒是故意戲弄我嗎？」

王允請呂布息怒，先回府衙再敘述詳情。呂布跟王允一起回到王允府中。

呂布說：「聽說你以氈車送貂蟬到相府，是什麼用意呢？」

王允回答：「將軍原來不知道啊！昨天太師在上朝的時候對我說：『我聽說你有一個義女，叫做貂蟬，已經許配給我的義子呂布，我明天到你的府衙，先看看未來的兒媳婦。』太師到寒舍看見貂蟬，認為今日是良日吉辰，要即時帶回相府，交給將軍。我怎麼敢違背太師的旨意啊?!」

呂布說：「司徒不要見怪，是我錯怪司徒了，改天再專程負荊請罪。」

王允說：「我已經幫小女準備一些嫁妝，等小女到將軍府中，再送過去。」

呂布道謝後離開王府。第二天，呂布到相府打聽消息，侍妾告訴呂布：「太師昨天和新人同床共枕，還未起床。」呂布太怒，偷偷進入董卓臥房窺探。當時貂蟬正在窗前梳洗，看見池中呂布身影，便故意皺眉拭淚，滿臉憂愁。呂布觀看很久才出後堂。一會兒，董卓到中堂會見呂布，呂布瞧見繡簾後貂蟬以目送情，不覺心神蕩漾。董卓看見呂布魂不守舍，心中疑忌，命令呂布先離開。

董卓自從納貂蟬為妾之後，不理政事，稍有小病，貂蟬都衣不解帶，曲意逢迎。有一天，呂布到後堂請安，董卓正巧在午睡，貂蟬在床後看著呂布，以手指心，又指著董卓，然後淚流不止。呂布心亂如麻，肝腸寸斷。突然董卓睜開朦朧雙眼，看到這種情形，大聲叱責呂布：「你敢戲弄我的愛妾。」命令僕人將呂布趕出，今後不許呂布進入後堂。呂布含恨而回，半路上遇見李儒，告訴李儒自己被董卓斥責的情形。李儒趕到相府面見董卓。

李儒說：「太師想要奪取天下，為什麼因為小事就責怪呂布？如果呂布變心，那麼恐怕無法成就大事。」

董卓問：「那該麼辦？」

李儒回答：「改天再勸慰呂布，並且賜他金銀珠寶，應該就沒事了。」

董卓依照李儒的建議。第二天，董卓告訴呂布，自己是因為生病，心神恍惚，才會出言斥責，請呂布不要介意，隨即又送呂布黃金十斤、錦繡二十疋。呂布口中雖然道謝，心中仍繫念貂蟬。過幾天，董卓上朝與獻帝討論政事，呂布乘機到相府見貂蟬；貂蟬與呂布約在後花園鳳儀亭相見，呂布先到一步，立於鳳儀亭下等候。一會兒，貂蟬粉白黛綠、柳腰蓮足，輕盈徐來，見到呂布，低聲啜泣。

貂蟬說：「自從司徒將我許配給將軍，我已經心滿意足，沒有想到太師居心不良，玷污了我的身體。本來想一死了之，但是還沒見到將軍，死不瞑目，所以忍辱偷生。現在我已非清白之身，沒有資格再侍奉將軍，願以一死，表明心志。」

貂蟬說完，準備攀越欄杆，跳下荷花池。呂布急忙抱住貂蟬哭泣。

呂布說：「我對妳已經愛慕很久了，只可惜不能朝夕相處。」

貂蟬說：「我今生不能做你的妻子，願待來世。」

呂布回答：「我今生如果不能娶妳為妻，就不是英雄。」

貂蟬哭泣說：「我現在度日如年，希望夫君趕快拯救。」

呂布回答：「我今天偷空前來相會，恐怕老賊會懷疑，要趕快離開了。」

呂布說完，準備抽身離開。

貂蟬扯住呂布的衣角說：「將軍這麼懼怕老賊，我恐怕沒有機會重見光明了。我聽說將軍英雄蓋世，天下無雙，為什麼會受制於人呢！」

呂布聽完貂蟬一番話，滿面羞慚，回身抱住貂蟬，兩人卿卿我我、難捨難分。

董卓在金鑾殿上看不見呂布，心中生疑，立刻奔回相府；到了後花園，正好看見呂布、貂蟬兩人在鳳儀亭內依偎低語。董卓大喝，呂布嚇了一跳，拔腿就跑。董卓拿著呂布的畫戟在後追趕，眼看追不上，董卓擲出畫戟刺呂布，被呂布打落在地。董卓追出後園，迎面撞到李儒。

董卓問：「你來做什麼？」

李儒回答：「我到相府，恰好碰到呂布奔走說：『太師要殺我！』我急忙趕來調停，不料卻撞到恩相，實在該死！」

董卓說：「呂布這個逆賊，居然敢戲弄我的愛妻，我一定要殺他洩恨。」

李儒回答：「我認為這是不智之舉。當初楚莊王不追究戲弄愛妻的蔣雄，所以後來失敗遭秦兵圍困的時候，蔣雄拚死相救。貂蟬只不過是一個女人，而呂布是勇猛大將。現在太師正想成就霸業，如果利用這個機會，將貂蟬賜給呂布，呂布為報答太師大恩，以後一定會全力報效，太師請再考慮。」

董卓沉吟很久說：「你的話也有道理，我會考慮考慮。」

董卓說完，進入後堂，看見貂蟬。

董卓問：「妳為什麼在鳳儀亭私會呂布？」

貂蟬哭泣回答：「我在後花園賞花，呂布突然來到，我正想走避，呂布提戟押我到鳳儀亭，我看呂布居心不良，恐怕會逼迫我做苟且之事，正想跳荷花池自盡，以保持清白，卻被呂布抱住，還好太師及時趕到，否則賤妾貞節不保。」

董卓問：「我想將妳送給呂布，妳認為如何？」

貂蟬大驚失色，哭著回答：「我已經侍奉太師，現在太師卻想將我賜給家奴。這一定是李儒的計謀！李儒一向與呂布交情深厚，所以不顧太師顏面及賤妾生命，設下這種計謀，我寧死也不被羞辱。」

貂蟬說完準備拿劍自殺，董卓急忙制止。

董卓為討貂蟬歡心，準備與貂蟬一同到郿塢享樂。

第二天，董卓下令前往郿塢，文武百官都來送行。貂蟬在車上看見呂布，故意掩面，裝作痛哭的樣子。呂布看到這種情形，深深嘆息。王允乘機走到呂布身後。

王允說：「老夫近來身體不適，久未出門，所以還沒向將軍道賀。今天太師移駕到郿塢，只好抱病相送，卻與將軍不期而遇。請問將軍為什麼沒有與太師一同到郿塢，卻在這裡長嘆？」

呂布回答：「正是為了你的女兒。」

王允面露驚訝說：「難道太師還未將貂蟬許配給將軍嗎？」

呂布回答：「老賊已經自己將貂蟬納為愛妾了。」

王允故作訝異，拉著呂布到府中。呂布將董卓對待自己的情形一一詳述。

王允說：「太師姦淫小女，搶奪將軍之妻，一定會被天下人恥笑！但是天下人並不是恥笑太師，而是恥笑我與將軍。我已經老邁無能，被人恥笑還無所謂，但是將軍英雄蓋世，怎麼可以忍受這種屈辱呢?!」

呂布大怒說：「我一定要殺死老賊，以洗刷恥辱。」

王允說：「以將軍的才能，實在不應該屈居在董太師的門下。」

呂布回答：「我想殺死老賊，可是董卓是我的義父，恐怕後人會非議我弒父的行為。」

王允笑著說：「將軍姓呂，太師姓董。太師在擲戟刺你的時候，那裡有顧慮到父子之情。」

於是兩人商議斬殺董卓，由李肅到郿塢假傳獻帝已經準備讓位的詔命。董卓大喜，與李肅一同入宮，到了北掖門，只有駕車的二十餘人進入，其餘的隨從都被擋在門外。董卓看見王允手拿寶劍站在殿前，大吃一驚問李肅：「眾人拿劍是做什麼？」李肅不回答，快步推車向前。

王允大叫：「反賊在這裡，武士快來。」兩邊出來百餘人，持鎗拿刀刺向董卓。董卓身穿寶甲，只傷手臂，大叫：「奉先（呂布的字）在那裡？」呂布從車後跑出來大叫：「有詔命殺奸賊。」說完，一鎗刺穿董卓咽喉，李肅再割下董卓頭顱。

【說計解謀】

「連環計」中「將多兵眾，不可以敵，使其自累，而消其勢」的要旨是當敵人兵多將廣時，不可以正面跟他對抗，最好的方式是想辦法製造他們的內部對立，藉此來消耗敵人的力量。

《孫子兵法・軍爭篇》上提到「無邀正正之旗，無擊堂堂之陣，此治變者也。」說明了敵人的陣勢堅強、士卒強悍、士氣高昂時，千萬不要跟敵人正面對抗，必須掌握時機應變才能夠取得勝利。《孫子兵法・九變篇》上提到「故將有五危……忿速，可侮也……。凡此五者，將之過也，用兵之災也。覆軍殺將，必以五危，不可不察也。」也說明了身為將領必須避免五項過失，其中一項是剛強易怒，如果敵人剛強易怒，就找機會羞辱他，讓他無法忍受而犯錯，凡是具有這五項缺失，是身為將領最大的過錯，也是作戰招致失敗的根源，士卒會因為將領的五項缺失而喪失生命，千萬要小心提防。

董卓手握軍政大權，又有勇猛的呂布為虎作倀，使得滿朝文武百官，無計可施。王允利用貂蟬的美貌及董卓、呂布的好色施展「連環計」。將貂蟬先後許配給呂布、董卓，造成兩人心生猜忌。貂蟬則以哀戚的弱者姿態，離間董卓、呂布兩人的情感。王允最後再用搧風點火的方法，激怒個性剛強的呂布，讓呂布怨恨董卓，進而安排誅殺計畫。董卓為了貪好女色，與自己最親近、勇猛的大將呂布反目成仇，完全沒有考慮，自己的政權之所以能夠鞏固，呂布佔有不可輕估的分量。王允這次「連環計」讓勇冠三軍的呂布，刺殺專擅朝政的董卓，成功地導演了一場不流血的軍事政變。

巧授計龐統獻謀，環連船曹操受累

《三國演義》第四十七回，赤壁之戰時，曹操得到黃蓋的降書及甘寧受辱願為內應的消息，仍然不敢大意，蔣幹自告奮勇，願意再一次到東吳打探虛實。曹操大喜，立刻派蔣幹過江到東吳。

龐統別號鳳雛先生，因為避亂，暫居東吳。魯肅曾向周瑜推薦龐統。

周瑜問：「應該用什麼方法擊敗曹操？」

龐統回答：「擊敗曹操大軍唯一的方法就是火攻。但是大江之上，一艘船如果著火，其餘各船一定會四處散開，除非有人獻計，讓曹操將船釘在一起，火攻才能奏效。」

周瑜大喜，準備讓龐統向曹操獻計，卻苦無適當機會。恰好蔣幹又再度造訪，周瑜一方面吩咐龐統依計而行，一方面派人請蔣幹入帳。

周瑜故作生氣地說：「子翼，你實在欺人太甚。」

蔣幹笑笑回答：「我和你以前是好同學特別來找你談談心事，怎麼會說我『欺人太甚』呢？」

周瑜說：「你想要勸我投降，即使海枯石爛也不可能。上次我念在舊日交情的份上，請你共飲同醉、同榻而眠，你卻趁我熟睡的時候偷我的書信，使得事跡敗露，蔡瑁、張允也被斬殺。這次來一定也不懷好意！如果不是看在昔日交情的份上，早就將你斬殺。原本想送你回曹營，可是我這幾天就準備要進攻曹操，怕你會洩露消息。還是先送你到西山庵中休息，等我擊敗曹操，再送你過江。」

周瑜說完就派兩名軍士護送蔣幹到西山庵，蔣幹還想爭辯，但是周瑜頭也不回地進入內帳。

蔣幹在西山庵裡心中煩悶，看見滿天星斗，獨自到庵後散心，聽到朗朗讀書聲。尋著聲音走去，看見一間草屋，屋內之人正讀著《孫子兵法》。蔣幹內心猜想一定不是普通人，於是叩門求見，屋內的人開門出迎。

蔣幹問：「閣下尊姓大名？」

屋內的人回答：「姓龐，名統，字士元。」

蔣幹說：「久聞鳳雛先生大名，為什麼隱居在這麼偏僻的地方呢？」

龐統回答：「周瑜恃才傲物，不能接納別人的意見，所以我隱居在這裡。」

蔣幹說：「先生的才能沒有發揮，實在可惜。我是曹丞相的謀士，如果先生願意追隨丞相，我可以代為引進。」

龐統回答：「我早就希望離開江東了！你既然要代為引進，那麼就立刻進行，否則周瑜得到消息，一定會殺害我們。」

於是蔣幹與龐統利用黑夜，偷偷溜到江邊，坐船回曹寨。蔣幹先向曹操敘述情況。曹操聽到鳳雛先生大名，親自出寨迎接。

曹操說：「先生大名，遐爾皆知，可惜周瑜不能重用，希望先生多多指教。」

龐統回答：「我聽說丞相用兵如神，希望看看丞相的營寨佈置。」

曹操與龐統一起巡視水、旱兩寨。龐統對曹操讚譽有加，曹操大為欣喜。回到軍帳之後，兩人飲酒談兵。龐統高談闊論，應答如流，曹操也深為折服。

龐統假裝酒醉問：「不知道丞相軍中是不是有良醫？」

曹操說：「為什麼需要良醫呢？」

龐統回答：「船在江中前進，非常顛簸，軍士容易生病，所以需要良醫治療。」

曹操正為了當時訓練水軍，許多軍士因為無法適應水上生活導致嘔吐死亡的事情，非常憂慮。龐統提出的問題，正關係著軍士的安危，自然引起曹操關心注意。

曹操問：「不知先生是否有什麼好方法可以解決這個問題？」

龐統回答：「丞相教練水軍的方法雖然巧妙，可惜不夠周全。我有一個好方法，可以讓水軍不會因為疾病而無法作戰。」

曹操大喜說：「請先生教導。」

龐統回答：「大江之中，風浪很大，北方的士兵不習慣坐船，所以受到顛簸，容易生病，如果將幾十艘船的首尾用鐵環扣住，鋪上鐵板，不只是人可以在上面行走，連馬匹都可以奔跑。管他風大浪高，如履平地，又有什麼好怕的呢?!」

曹操大喜說：「如果不是先生的好意見，就無法擊敗東吳了。」

曹操立即命令鐵匠連夜打造鐵環、大釘，鎖住船隻。許多軍士得知這個消息，都非常喜悅。

龐統又告訴曹操：「我觀察江東豪傑，許多人非常怨恨周瑜剛愎自用，我自願為丞相效力，說服他們投降，周瑜孤立無援，一定會招致失敗。滅了東吳，劉備也將無法支撐。但是丞相過江之後，千萬不要妄加殺戮，讓百姓能夠安居樂業。請丞相先頒下榜文，讓我帶回東吳，安撫百姓。」

曹操回答：「我是替天行道，又怎麼會殘殺百姓呢！」

龐統向曹操求得安撫百姓的榜文，勸曹操整頓兵馬，準備出兵。而後隨即返回東吳。

【說計解謀】

火攻在《孫子兵法》中佔了一篇的份量，可見其重要性。《孫子兵法．火攻篇》中提到「以火佐攻者明」，強調以火助攻具有明顯的優勢。一般火攻都是陸上行動，因為「火」的蔓延非常迅速，而且聲勢浩大，所以破壞力極大，但是江上「火攻」就不易成功，四、五十艘戰船，如果其中一艘著火，其他船隻一定會避開，以江水作為阻隔，火勢就無法蔓延，效果大打折扣。

龐統看出曹操的北方軍士，不適應顛簸的水上作戰，利用曹軍這項缺點，施展「連環計」，向曹操建議將戰船用鐵環鎖在一起，就可增加戰船的穩定性。事實上，龐統的目的是為了讓曹操的戰船彼此互相牽制，喪失戰船具有機動性的最大優勢，以便於「火攻」的實施。這是一種戰術性的實踐，而不是戰略性的應用，但是它導致曹軍在赤壁之戰空前挫敗，曹操元氣大傷，只好退回許昌，因而形成三國鼎立的局面。

第36計 走爲上

【計文】

全師避敵，左次無咎，未無常也。

【解說】

在整體的考量下，沒有取勝的機會，如果全軍能夠安然撤退，沒有損失，那撤退也是符合正常的用兵原則，不能算是失敗。《孫子兵法・謀攻篇》曾提到：「少則能逃之，不若則能避之。故小敵之堅，大敵之擒也。」就是提醒將領，當力量不如敵人時，應該躲避，不做正面對抗。如果力量弱小的一方，憑恃血氣之勇，堅持與敵人交戰，只會自暴其短，最後成為敵人的俘虜。

擊敗兵蘇顒身亡，遇強敵萬政落澗

《三國演義》第九十五回，馬謖街亭失守，正在箕谷道埋伏的趙雲、鄧芝得到孔明撤退的命令。趙雲認為魏軍如果知道消息，一定會加速追擊，所以吩咐鄧芝打著趙雲的旗號緩緩撤退，趙雲則率領一部分兵馬埋伏。

郭淮率兵到箕谷道，叮嚀先鋒蘇顒追擊蜀兵的時候，一定要小心提防，尤其是智勇雙全的趙雲，可能會設計埋伏。蘇顒率領三千名兵馬，奔入箕谷。即將追上蜀軍時，看見趙雲的旗幟，急忙收兵撤退。才走了幾里路，忽然喊聲大震，有一支蜀兵殺來，為首的大將英姿勃發，大喝：「你認識趙子龍嗎？」

蘇顒大驚回答：「這裡怎麼還有一個趙雲呢？」

蘇顒話才說完，就被趙雲一鎗刺死於馬下。其餘的魏軍看到這種情況，都慌亂地四散逃命。

趙雲慢慢前進，郭淮部將萬政率領兵馬趕來。趙雲看見魏兵追擊的速度迅速，為了維護撤退中蜀軍的安全，趙雲單鎗匹馬站在路中，準備迎戰。萬政認得趙雲，不敢上前交戰。趙雲等到天色黃昏才慢慢撤退。郭淮隨後率領大軍趕到，命令萬政加速追擊，萬政才率領數百名勇士追趕。進入樹林中，忽然聽到背後大喝一聲：「趙子龍在此！」魏兵嚇得魂飛魄散，四處竄逃。萬政不得已準備迎戰趙雲，被趙雲一箭射落頭盔，嚇得跌落山澗。趙雲以鎗指向萬政說：「我饒你的性命，回去教郭淮快來作戰。」萬政灰頭土臉爬出山澗，奔回箕谷。趙雲、鄧芝的兵馬、器械，在趙雲的護送下，沒有任何損失，安全地退回漢中。

【說計解謀】

「走為上」計中的「全師避敵，左次無咎，未無常也」的要旨是指在無法順利擊敗敵人的情況下，如果能夠安全撤退而沒有任何損失的話，那麼這次作戰就不算失敗。

《孫子兵法・謀攻篇》上提到「敵則能戰之，少則能逃之，不若則能避之。故小敵之堅，大敵之擒也。」說明了當實力與敵人勢均力敵時可以跟敵人交戰，如果力量不足敵人，最好早一點採取撤退行動，萬一與敵人的實力相差懸殊時，就一定要避開敵人的攻擊，實力薄弱卻又不自量力地與敵人搏鬥，一定會被敵人所擒捉。

趙雲在撤退的時候，預料魏軍一定會追擊，就打算運用自己的「威名」來震懾敵人，以確保在撤退行動中不會遭到損失。趙雲先命令鄧芝虛張自己旗幟先撤退，自己則率領一部分兵馬埋伏，魏將蘇顒看見趙雲的旗幟，不敢追擊，先撤退，等待魏軍，卻遇上真正的趙雲，驚嚇之餘，措手不及地被趙雲一鎗刺死。其餘的魏兵看到這種突發情況，軍心立刻瓦解而四散逃命。

隨後而來的萬政懼於趙雲的英勇，不敢交戰。最後在郭淮的命令下不得已進行追擊。趙雲則利用樹林及天色的掩護，等魏兵進入樹林後，大喝一聲，讓原本心懷恐懼的魏兵都嚇得魂飛魄散，落荒而逃。萬政也嚇得跌落山澗。趙雲這次充分利用自己勇猛善戰的「威名」，震懾魏將、魏兵的心志，在「撤退」的劣勢行動，掌握「聲勢」的優勢主動，才能讓蜀軍不損一兵一卒，安全地退回漢中。

—第36計—走為上—之2—

孫臏減灶擒強敵，孔明增灶退大軍

《三國演義》第一百回，孔明第四次出兵祁山時以「聲東擊西」的方法，擊敗司馬懿，魏軍死傷慘重，司馬懿撤退兵馬到渭水南岸設立營寨，堅守不出。孔明得勝之後，回到祁山寨。運糧官苟安由於貪杯好酒，運送米糧延誤十日，孔明大怒，喝令斬殺苟安。楊儀認為錢糧的來源，大部分來自西川，而且苟安又是李嚴的部屬，如果斬殺苟安，以後米糧的運送恐怕會有問題。孔明因而命令武士對苟安杖責八十，以做懲戒。苟安受杖責之後，懷恨孔明，連夜帶領五、六位親信隨從，投奔魏寨，面見司馬懿。

司馬懿說：「孔明詭計多端，你這一次投降也許又是他的計謀，你如果能回成都散佈孔明怨恨劉禪，想要篡位的謠言，我就相信你的話。一旦劉禪召回孔明，你就是大功一件，我會上奏天子，推薦你為大將。」

荀安答應司馬懿之後，連夜回成都，散佈孔明自認為功可蓋天，準備廢掉劉禪，自立為王的謠言。宦官得到消息，立刻到後宮向劉禪報告，劉禪大吃一驚，不知所措。宦官建議劉禪召回孔明，削除其兵權，免生後患。劉禪於是下詔，派遣使者連夜召回孔明。孔明看到詔書，仰天長嘆：「現在主上年幼，一定有諂佞的奸臣在旁興風作浪！我正要建功，為何卻下詔命我回朝？如果不回朝，是欺主的行為，但是奉命回朝，以後恐怕很難有這種機會了，真是令人惋惜。」

姜維問：「大軍撤退，司馬懿一定會乘機攻擊，應該如何提防才好？」

孔明回答：「如果退兵，要分為五營慢慢後撤，如果營內有一千兵馬，要掘兩千灶；今日三千灶，明日就掘四千灶，每日退兵，卻添灶而行。」

楊儀問：「當初孫臏以添兵減灶的方法擒拿龐涓，現在丞相卻退兵增灶，到底是什麼原因呢？」

孔明回答：「司馬懿善於用兵，如果知道我們退兵，一定會乘機追擊，但是又會懷疑我們是誘敵之計，所以一定會觀察舊營的灶數，來判斷我方兵馬的數量。看見每天灶數都增加，軍隊又似退不退，一定會誤以為我們兵馬增加，而不敢追擊。我們慢慢退兵就不會有損失了。」

孔明說完就傳令軍士依計退兵。

司馬懿得到荀安在成都散播孔明造反的消息奏效後，立即整頓兵馬，準備在蜀軍退兵時乘機攻殺。哨兵傳來消息，蜀寨已經空虛，不見人馬，司馬懿知道孔明詭計多端，不敢輕易追擊，便派軍士清點孔明營寨中的灶數，每天都有增加。司馬懿因此判斷蜀兵不斷增加，這是孔明故意設下的誘敵之計，於是決定回師不追。孔明因此在不損一兵一卒的情況下，安全退回成都。

【說計解謀】

《孫子兵法・虛實篇》上提到「我不欲戰，畫地而守之，敵不得與我戰者，乖其所之也。」說明了當我們不準備跟敵人交戰時，最好的策略是讓敵人不能夠跟我們作戰，所運用的方式則是設下計謀讓敵人疑慮，使敵人不敢跟我們交戰。

孔明這次在劉禪的詔命下，不得已採用「走為上」計，為了避免司馬懿的追擊，以「減兵增灶」的方法，誤導司馬懿，讓司馬懿作出蜀兵是以退卻為障眼手段，實際是增添兵馬作為誘敵之計的錯誤判斷，成功的達到了《孫子兵法・虛實篇》上「敵不得與我戰者，乖其所之也」的策略，因此，孔明才能在不損一兵一卒的情況下，安全退回成都。

李嚴造謠東吳興兵入寇，孔明退軍曹魏損兵折將

《三國演義》第一百零一回，孔明第五次出兵祁山，在鹵城殺退司馬懿雍、涼二州的兵馬後，收到李嚴的緊急書信，知道東吳聯合曹魏準備攻打蜀國，大吃一驚，命令祁山大寨的兵馬暫時退回西川。孔明自己則仍然在鹵城據守，以防止司馬懿追擊祁山撤退的蜀兵。

張郃原來在祁山駐守，對抗蜀兵，看見蜀兵無緣無故撤退，恐怕蜀兵有計謀，不敢隨意追擊，於是到鹵城魏寨向司馬懿稟告情形。司馬懿認為孔明仍然在鹵城據守，祁山蜀兵撤退可能只是誘敵之計，不可輕舉妄動，於是放棄追擊。

孔明得到祁山蜀兵已經撤退回西川的消息，命令楊儀、馬忠率領一萬名弓箭手到劍閣木門道埋伏，如果魏兵追來，聽到砲聲，就滾下木石，截斷魏兵的歸路，再一起發射弓箭。又命令魏延、關興率領兵馬，依計斷後。再命令軍士在城上插滿旌旗，城內亂堆柴草，四處放火，而後孔明率領大軍往木門道方向撤退。

哨兵回報司馬懿，蜀兵已經撤退，只是鹵城內不知道還有多少部隊。司馬懿親自前往觀察，看見城上插滿旌旗，城中四處煙起，認為孔明是故佈疑陣，應該只剩空城。派人前去探查，果然是一座空城。司馬懿大喜，準備追擊蜀兵，張郃自告奮勇。

張郃說：「我曾擔任過先鋒，讓我率兵追擊，最為合適。」

司馬懿說：「蜀兵撤退，險要的地方一定有埋伏，你的性情急躁，一定要小心謹慎，仔細勘察，才可以追擊。」

張郃回答：「我會小心提防，都督不須憂慮。」

司馬懿於是命令張郃率領五千人先行追擊，再命令魏平率領兩萬步兵隨後支援。

張郃領命之後，急忙率兵追趕，前進約三十里，樹林內魏延率領蜀軍殺出，兩人交鋒不久，魏延就詐敗逃走。張郃又率軍追了三十餘里，都沒有發現伏兵，於是繼續追擊。繞過山坡，關興率領蜀兵擋在路前，張郃直接迎戰關興，一會兒，關興也不敵逃走。一路上，魏延、關興輪流與張郃交戰，撤退的蜀軍，兵甲、器械掉了滿地。魏軍忙著撿拾蜀軍的器械，因此跟隨張郃追趕的軍士愈來愈少。

天近黃昏，張郃及數百名軍士追至木道口，魏延回頭大罵：「張郃逆賊，你趕快過來，我在這裡與你決一死戰。」張郃因為連續的勝利，警覺性大為減低，立刻憤怒地殺向魏延。魏延迎戰，一會兒功夫，已被張郃殺得丟盔、棄甲，率領敗兵奔向木門道。張郃殺得性起，又看見魏延大敗而逃，於是快馬急追，忽然間，一聲砲響，許多大石、巨木滾下來擋住去路。張郃大驚，急忙勒馬回頭，背後的歸路也被巨石擋住，兩邊都是峭壁，張郃進退無路。忽然間，箭如雨下，將張郃及數百名魏兵都射死在木門道中。

魏平率領魏兵趕來，看見道路已經被阻塞，知道張郃中計，正準備勒馬回營，忽然聽到山頭上大叫：「諸葛丞相在此。」魏兵仰望，只見孔明站在火光中，指著眾人說：「我今日打獵，本來想射一『馬』，沒想到卻誤射到一『獐』，你們回去告訴司馬懿，我遲早會捉到他。」

司馬懿得到張郃已死的消息，非常悲傷，也率領大軍回洛陽。

【說計解謀】

「走為上」計中「全師避敵，左次無咎，未無常也」的要旨在於「避」這個字上，也就是說如何在居於劣勢的情況下安全撤退，是身為將領必須仔細學習的一項課題。

孔明接獲李嚴告急的書信，準備退回西川，命令祁山大寨的蜀兵先撤退，司馬懿認為祁山蜀兵無故撤退，而孔明在鹵城的蜀兵卻不動聲色，恐怕孔明是以「聲東擊西」的方法，實施誘敵之計，因而不敢追擊。

孔明等到祁山的蜀兵都安全撤退回西川之後，命令楊儀、馬忠率領弓箭手到木門道埋伏，又命令魏延、關興兩人故意戰敗，以「瞞天過海」的方法，引誘魏兵緊追不捨，自己再率領大軍撤退。

司馬懿確定孔明撤退之後，派遣張郃率兵追擊。張郃因為連續的勝利，喪失原有的警覺性，魏延最後以「怒而撓之」的方法，讓忿怒、疲憊的張郃完全失去理智，追入木門道，終於中了計謀而身亡。

李嚴以錯誤的訊息誤導孔明，逼得孔明在倉皇之間採取撤退行動。但是孔明不但能夠讓大軍安全撤退，臨去秋波之際，還設計埋伏，讓北魏損失驍勇善戰的張郃，造成司馬懿一次重挫，足以顯示孔明臨危不亂的超凡特質。

國家圖書館出版品預行編目資料

36計說三國 / 林國煇作 . -- 二版 . -- 臺北市
: 遠流, 2007. 08
冊 ; 公分 . -- (實用歷史. 三國館)

ISBN 978-957-32-6133-9(全套 : 平裝). --
ISBN 978-957-32-6134-6(上冊 : 平裝). --
ISBN 978-957-32-6135-3(下冊 : 平裝). --

1. 三國演義 2. 研究考訂

857.4523 96014186